大家与给大家的
美学课

丰子恺 梁实秋 朱光潜 等著

重庆出版集团 重庆出版社

图书在版编目（CIP）数据

大家写给大家的美学课/丰子恺等著. —— 重庆：
重庆出版社，2022.12
ISBN 978-7-229-17076-9

Ⅰ.①大… Ⅱ.①丰… Ⅲ.①散文集－中国－现代②散文集－中国－当代 Ⅳ.①I266

中国版本图书馆CIP数据核字(2022)第155613号

大家写给大家的美学课
DAJIA XIEGEI DAJIA DE MEIXUEKE
丰子恺　梁实秋　朱光潜　等著

责任编辑：钟丽娟　阚天阔
责任校对：朱彦谚
装帧设计：颜森设计

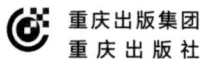

重庆出版集团
重庆出版社　出版

重庆市南岸区南滨路162号1幢　邮政编码：400061　http://www.cqph.com
重庆出版集团艺术设计有限公司制版
重庆市国丰印务有限责任公司印刷
重庆出版集团图书发行有限公司发行
E-MAIL：fxchu@cqph.com　邮购电话：023-61520646
全国新华书店经销

开本：890mm×1240mm　1/32　印张：8　字数：180千
2022年12月第1版　2022年12月第1次印刷
ISBN 978-7-229-17076-9
定价：48.50元

如有印装质量问题，请向本集团图书发行有限公司调换：023-61520678
版权所有　侵权必究

目录 | Contents

● 第一章
美的认识……1
　　什么叫做美 / 朱光潜……3
　　"美" / 瞿秋白……15
　　美是主观的 / 史铁生……19
　　欣赏与了解 / 朱自清……23
　　绘画之用 / 丰子恺……29
　　要善于辨别精粗美恶 / 梅兰芳……33
　　孔子之美育主义 / 王国维……45
　　美学的进化 / 蔡元培……53

● 第二章
美在何处……63
　　观画记 / 老舍……65
　　自　然 / 丰子恺……71
　　从梅花说到美 / 丰子恺……79
　　无言之美 / 朱光潜……93
　　两种美 / 朱光潜……111

● 第三章

美之大观……119

山水及自然景物的欣赏 / 郁达夫……121

音乐之用 / 丰子恺……127

文学的美 / 梁实秋……135

中国画与西洋画的比较区别 / 丰子恺……161

审美范畴中的悲剧性和喜剧性 / 朱光潜……167

● 第四章

美与人生……181

图画与人生 / 丰子恺……183

美术与生活 / 梁启超……203

我们对于一棵古松的三种态度：实用的、科学的、美感的 / 朱光潜……211

美育与人生 / 蔡元培……221

山水间的生活 / 丰子恺……225

"慢慢走，欣赏啊！"
　　——人生的艺术化 / 朱光潜……229

艺术对于人生的真谛 / 陈之佛……243

第一章　美的认识

希望青年艺术家要注意辨别精、粗、美、恶。

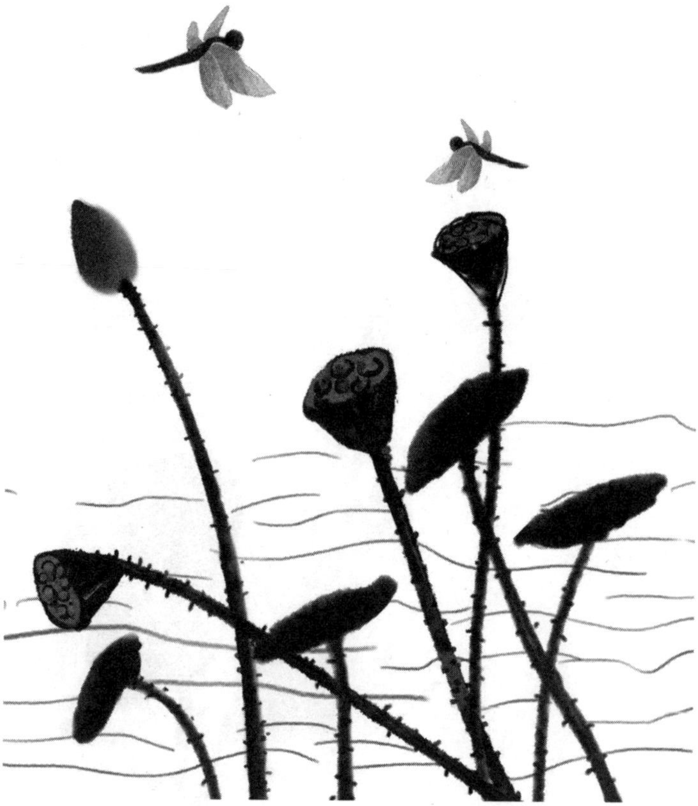

什么叫做美

（文／朱光潜）

一

艺术的美丑既不是自然的美丑，它们究竟是什么呢？

有人问圣·奥古斯丁："时间究竟是什么？"他回答说："你不问我，我本来很清楚地知道它是什么；你问我，我倒觉得茫然了。"世间许多习见周知的东西都是如此，最显著的就是"美"。我们天天都应用这个字，本来不觉得它有什么难解，但是哲学家们和艺术家们摸索了两三千年，到现在还没有寻到一个定论。听他们的争辩，我们不免越弄越糊涂。我们现在研究这个似乎易懂的字何以实在那么难懂。

我们说花红、胭脂红、人面红、血红、火红、衣服红、珊瑚红等等，红是这些东西所共有的性质。这个共同性可以用光学分析出来，说它是光波的一定长度和速度刺激视官所生的色觉。同样地，我们说花美、人美、风景美、声音美、颜色美、图画美、文章美等等，美也应该是所形容的东西所共有的属性。这个共同性究竟是什么呢？美学却没有像光学分析红色那样，把它很清楚地分析出来。

美学何以没有做到光学所做到的呢？美和红有一个重要的分别。红可以说是物的属性，而美很难说完全是物的属性。比如一朵花本来是红的，除开色盲，人人都觉得它是红的。至如说这朵花美，各人的意见就难得一致。尤其是比较新比较难的艺术作品不容易得一致的赞美。假如你说它美，我说它不美，你用什么精确的客观的标准可以说服我呢？美与红不同，红是一种客观的事实，或者说，一种自然的现象，美却不是自然的，多是人凭着主观所定的价值。"主观"是最分歧、最渺茫的标准，所以向来对于美的审别，和对于美的本质的讨论，都非常分歧。如果人们对于美的见解完全是分歧的，美的审别完全是主观的，个别的，我们也就不把美的性质当作一个科学上的问题。因为科学目的在于杂多现象中寻求普遍原理，普遍原理都有几分客观性，美既然完全是主观的，没有普遍原理可以统辖它，它自然不能成为科学研究的对象了。但是事实又并不如此。关于美感，纷歧之中又有几分一致，一个东西如果是美的，虽然不能使一切人都觉得美，却能使多数人觉得美。所以美的审别究竟还有几分客观性。

　　研究任何问题，都须先明白它的难点所在，忽略难点或是回避难点，总难得到中肯的答案。美的问题难点就在它一方面是主观的价值，一方面也有几分是客观的事实。历来讨论这个问题的学者大半只顾到某一方面而忽略另一方面，所以寻来寻去，终于寻不出美的真面目。

　　大多数人以为美纯粹是物的一种属性，正犹如红是物的另一种属性。换句话说，美是物所固有的，犹如红是物所固有的，无论有人观赏或没有人观赏，它永远存在那里。凡美都是自然美。从这个观点研究美学者往往从物的本身寻求产生美感的条件。比如就简单的线形说，柏拉图以为最美的线形是圆和直线，画家霍加斯（Hogarth）以为它是波动的曲线，据德国美学家斐西洛（Fechner）的实验，它是一般画家所说的"黄金分割"（golden section）即宽与长成一与一·六一八之比的长方形。希腊哲学家毕达哥拉斯（Pythagoras）以为美的线形和一切其他美的形象都必显得"对称"（symmetry），至于对称则起于数学的关系，所以美是一种数学的特质。近代数学家莱布尼兹（Leibniz）也是这样想，比如我们在听音乐时都在潜意识中比较音调的数量的关系，和谐与不和谐的分别即起于数量的配合匀称与不匀称。画家达·芬奇（Leonardo da Vinci）以为最美的人颜面与身材的长度应成一与十之比。

每种艺术都有无数的传统的秘诀和信条，我们只略翻阅讨论各种艺术技巧的书籍，就可以看出在物的本身寻求美的条件的实例多至不胜枚举。这些条件也有为某种艺术所特有的，如上述线形美诸例；也有为一切艺术所共有的，如"寓整齐于变化"（unity in variety）、"全体一贯"（organic unity）、"入情入理"（verisimilitude）诸原则。一般人都以为一件事物如果使人觉得美时，它本身一定具有上述种种美的条件。

美的条件未尝与美无关，但是它本身不就是美，犹如空气含水分是雨的条件，但空气中的水分却不就是雨。其次，就上述线形美实验看，美的条件也言人人殊；就论各种艺术技巧的书籍看，美的条件是数不清的。把美的本质问题改为美的条件问题，不但是离开本题，而且愈难从纷乱的议论中寻出一个合理的结论。具有美的条件的事物仍然不能使一切人都觉得美。知道了什么是美的条件，创作家不就因而能使他的作品美，欣赏家也不就因而能领略一切作品的美。从此可知美不能完全当作一种客观的事实，主观的价值也是美的一个重要的成因。这就是说，艺术美不就是自然美，研究美不能象研究红色一样，专门在物本身着眼，同时还要着重观赏者在所观赏物中所见到的价值。我们只问"物本身如何才是美"还不够，另外还要问"物如何才能使人觉到美"或是"人在何种情形之下才估定一件事物为美"？

二

以上所说的在物本身寻求美的条件，是把艺术美和自然美混为一事，把美看成一种纯粹的客观的事实。此外有些哲学家专从价值着眼。所谓"价值"都是由于物对于人的关系所发生出来的。比如说"善"（good）是人从伦理学、经济学种种实用观点所定的价值，"真"（truth）是人从科学和哲学观点所定的价值。"美"本来是人从艺术观点所定的价值，但是美学家们往往因为不能寻出美的特殊价值所在，便把它和"善"或"真"混为一事。

"善"的最浅近的意义是"用"（useful）。凡是善，不是对于事物自身有实用，就是对于人生社会有实用。就广义说，美的嗜好是一种自然需要的满足，也还算是有用，也还是一种善。不过就狭义说，美并非实用生活所必需，与从实用观点所见到的"善"是两种不同的价值。许多人却把美看作一种从实用观点所见到的善。我们在《美感经验的分析（二）》里所说的海边农夫以为门前海景不如屋后一园菜美，是以有用为美的最好的实例。

在色诺芬（Xenophon）的《席上谈》里有一段关于苏格拉底的趣事。有一次希腊举行美男子竞赛，当大家设筵庆贺胜利者时，苏格拉底站起来说最美的男子应该是他自己，因为他的眼睛像金鱼一样突出，最便于视；他的鼻孔阔大朝天，最便于嗅；他的嘴宽大，最便于饮食和接吻。

这段故事对于美学有两重意义：第一，它显示一般人心中所以为美的大半是指有用的；第二，它也证明以实用标准定事物的美丑，实在不是一种精确的办法，苏格拉底所自夸的突眼、朝天鼻孔和大嘴虽然有用，仍然不能使他在美男子竞赛中得头等奖。

我们在讨论文艺与道德时，也提到许多人想把"美的"和"道德的"混为一事，我们的结论是这两种属性虽有时相关而却不容相混。现在我们无须复述旧话，只作一句总结说："美"和"有用的""道德的"各种"善"都有分别。

有一派哲学家把"美"和"真"混为一事。艺术作品本来脱离不去"真",所谓"全体一贯""入情入理"诸原则都是"真"的别名。但是艺术的真理或"诗的真理"(poetic truth)和科学的真理究竟是两回事。比如但丁的《神曲》或曹雪芹的《红楼梦》所表现的世界都全是想象的,虚构的,从科学观点看,都是不真实的。但是在这虚构的世界中,一切人物情境仍是入情入理,使人看到不觉其为虚构,这就是"诗的真理"。凡是艺术作品大半是虚构(fiction),但同时也都是名学家所说的假然判断(hypothetical judgment)。例如"泰山为人"本不真实,但是"若泰山为人,则泰山有死"则有真实。艺术的虚构大半也是如此,都可以归纳成"若甲为乙,则甲为丙"的形式,我们不应该从科学观点讨论甲是否实为乙,只应问在"甲为乙"的假定之下,甲是否有为丙的可能。柏拉图和亚理斯多德的争执即起于此种分别。柏拉图见到"甲为乙"是虚构,便说诗无真理;亚理斯多德见到"若甲为乙,则甲为丙"在名学上仍可成立,所以主张诗自有"诗的真理"。我们承认一切艺术都有"诗的真理",因为假然判断仍有必然性与普遍性;但是否认"诗的真理"就是科学的真理,因为假然判断的根据是虚构的。我们所说的不分美与真的哲学家们所指的"真",并非"诗的真理"而是科学或哲学的真理。

多数唯心派哲学家都犯了这个毛病,尤其是黑格尔。据他说,"概念(idea)从感官所接触的事物中照耀出来,于是有美",换句话说,美就是个别事物所现出的"永恒的理性"。

美的特质为"无限"(infinitude)和"自由"(freedom)。自然是有限的,受必然律支配的,所以在美的等差中位置最低。同是自然事物所表现的"无限"和"自由"也有程度的差别,无生物不如生物,生物之中植物不如动物,而一般动物又不如人,美也随这个等差逐渐增高。最无限、最自由的莫如心灵,所以最高的美都是心灵的表现。模仿自然,决不能产生最高的美,只有艺术里面有最高的美,因为艺术纯是心灵的表现。艺术与自然相反,它的目的就在超脱自然的限制而表现心灵的自由。它的位置高低就看它是否完全达到这个目的。诗纯是心灵的表现,受自然的限制最少,所以在艺术中位置最高;建筑受自然的限制最多,所以位置最低。

英国学者司特斯(Stace)在他的《美的意义》里附和黑格尔的学说而加以发挥。在他看,美也是概念的具体化。概念有三种。一种是"先经验的"（priori concepts），即康德所说的"范畴"，如时间、空间、因果、偏全、肯否等等，为一切知觉的基础，有它们才能有经验。一种是"后经验的知觉的概念"（empirical perceptual concepts），如人、马、黑、长等等。想到这种概念时，心里都要同时想到它们所代表的事物，所以不能脱离知觉。它们是知觉个别事物的基础，例如知觉马必用"马"的概念。另一种是"后经验的非知觉的概念"（empirical non perceptual concepts），例如"自由""进化""文明""秩序""仁爱""和平"等等。我们想到这些概念时，心中不必同时想到它们所代表的事物，所以是"非知觉的"，游离、不着实际的。这种"后经验的非知觉的概念"表现于可知觉的个别事物时，于是有美。无论是自然或是艺术，在可以拿"美"字来形容时，后面都写有一种理想。不过这种理想须与它的符号（即个别事物）融化成天衣无缝，不像在寓言中符号和意义可以分立。

　　哲学家讨论问题，往往离开事实，架空立论，使人如堕云里雾中。我们常人虽无方法辩驳他们，心里却很知道自己的实际经验，并不象他们所说的那么一回事。美感经验是最直接的，不假思索的。

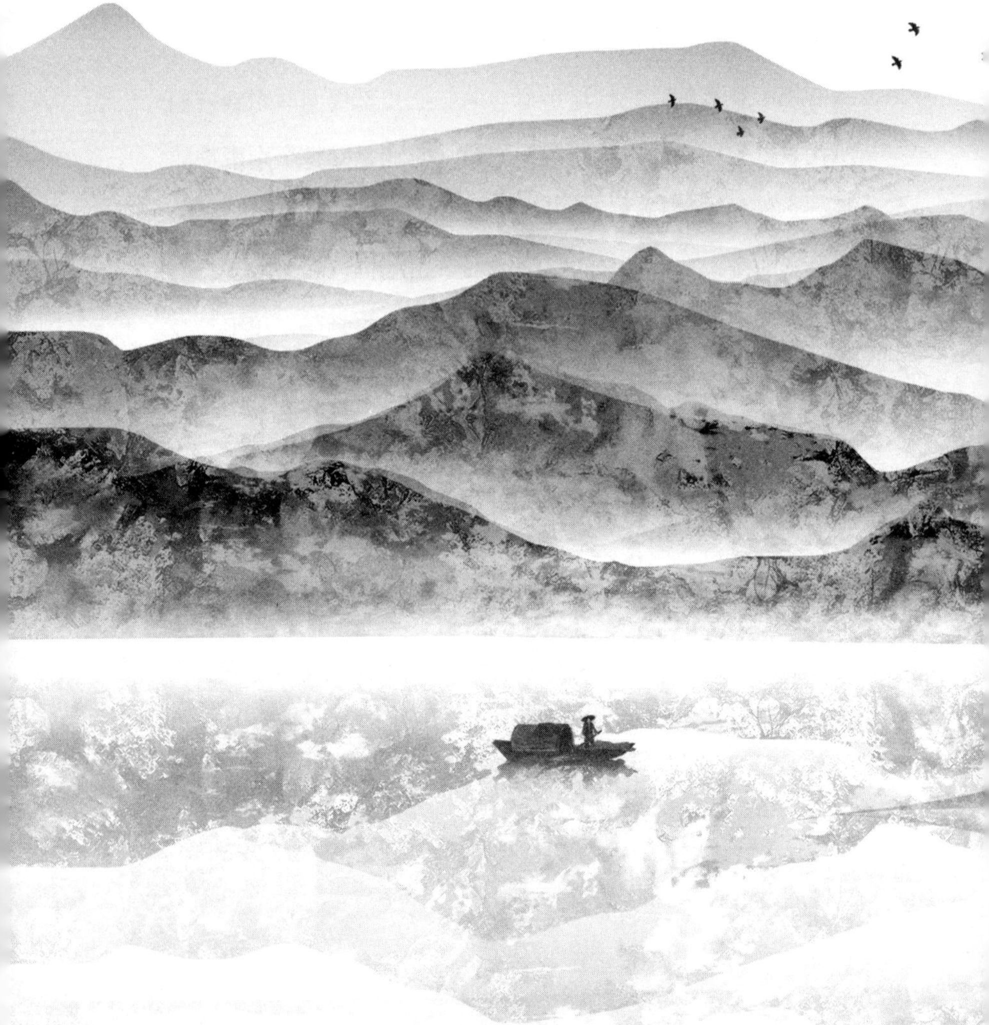

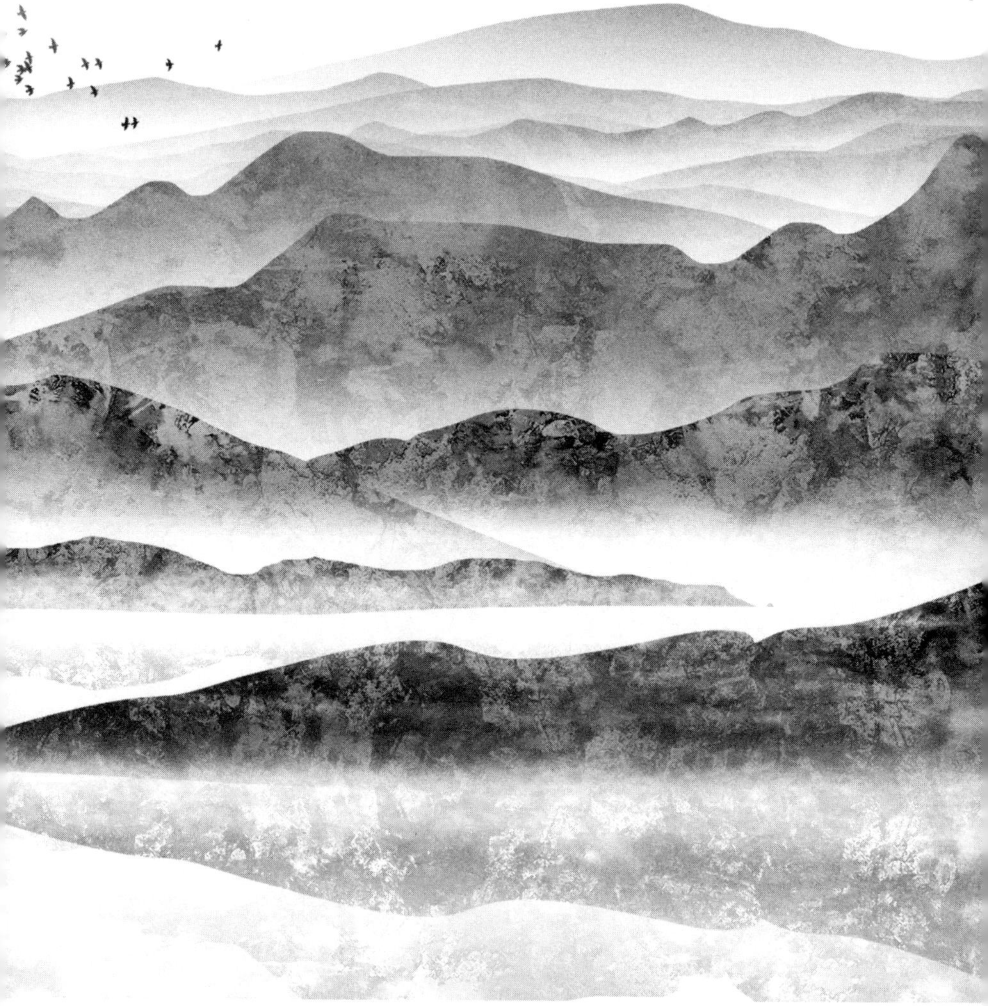

看罗丹的《思想者》雕像，听贝多芬的交响曲，或是读莎士比亚的悲剧，谁先想到"自由"、"无限"种种概念和理想，然后才觉得它美呢？"概念"、"理想"之类抽象的名词都是哲学家们的玩意儿，艺术家们并不在这些上面劳心焦思。

"美"

（文 / 瞿秋白）

普洛廷，新柏拉图派的哲学家说："美"的观念是人的精神所具有的，它不能够在真实世界里找着自己的表现和满足，就使人造出艺术来，在艺术里它——"美的观念"——就找到了自己的完全的实现。

对于那些轻视艺术而认为艺术在自己的作品里不过在模仿自然界的人，首先可以这样反驳他们：自然界产物的本身也是模仿，而且，艺术并不满足于现象的简单模仿，而在使得现象高升到那些产生自然界的理想，最后，艺术使得许多东西联结着自己，因为它本身占有着"美"，所以它在补充着自然界的缺陷。

康德说："艺术家从自然界里取得了材料，他的想像在改造着它，这是为着完全不同的另外一种东西的，这东西已经站在自然界之上（比自然界更高尚了）。"

黑格尔说：美"属于精神界，但是它并不同经验以及最终精神的行为有什么关涉，'美术'的世界是绝对精神的世界"。

这是"美"的"最后的"宗教式的唯心论的解释。

然而所谓"美"——"理想"对于各种各式的人是很不同的，非常之不同的。

对于施蛰存，"美"——是丰富的字汇，《文选》式的修养，以及《颜氏家训》式的道德，这最后一位是用佛家报应之说补充孔孟之不足的。

对于文素臣（《野叟曝言》），"美的理想"是：上马杀贼，下马万言，房中耍奇"术"，房外讲理学……以至于麟凤龟龙咸来呈瑞，万邦夷狄莫不归朝。

对于西门庆，"美的理想"只有五个字：潘驴邓小闲。

对于"三笑"，是状元和美婢的团圆，以及其他一切种种福禄寿。

对于……

究竟"美"是什么，啊？

照上面的说来，仿佛这是"一相情愿"，补充一下自然界的缺陷。乡下姑娘为的要吃饱几顿麻花油条，她就设想自己做了皇后，在"正宫"里，摆着"那么那么大的柜子，满柜子都是麻花油条呵！"这其实也是艺术。

然而"现实生活，劳工对于drama（戏剧）是太dramatic

（戏剧化）了，对于Poetry（诗）是太poetic（诗化）了。""艺术是自然现象和人生现象的再现。"艺术的范围不止是"美"，"高尚"和"comic"（喜剧），这是人生和自然之中对于人有兴趣的一切。不要神学，上帝，"绝对精神"的"补充"，而要改造现实的现实。

欧洲人的"绝对精神"，理想之中的"美"——以及中国的caricature（讽刺画）："潘驴邓小闲"之类，或是隐逸山林之类，都是艺术的桎梏。可叹的是欧洲还有"宗教的，神秘的"理想和它的艺术，而中国的韩退之和文素臣，袁子才和"礼拜六"似乎已经尽了文人之能事了。

"如果很多艺术作品只有一种意义——再现人生之中对于人有兴趣的现象，那么，很多其他的作品，除此之外，除开这基本意义之外，还有更高的意义——就是解释那再现的现象。最后，如果艺术家是个有思想的人，那么，他不会没有对于那再现的现象的意见——这种意见，不由自主的，明显的或是暗藏的，有意的或是无意的，要反映在作品里，这就使得作品得到第三种的意义：对于所再现的现象的思想上的判决……"

这"再现"并非模仿，并非底稿，并非抄袭。

"在这方面,艺术对于科学有非常之大的帮助——非常能够传播科学所求得的概念到极大的群众之中去,因为读艺术作品比科学的公式和分析要容易得多,有趣得多。"
(Tcherny-shevsky:Polnoe Cobranie Sotcheneniy X,2,157-158.)

美是主观的[1]

(文 / 史铁生)

我相信美是主观的。当你说一个东西是美的时候,其实只是在说明你对那东西的感受,而不是那东西的客观性质。

美(或丑)是一种意义,一切意义都是人的赋予。没有主体参与的客体是谈不上意义的,甚至连它有没有意义这个问题都无从问起。若是反过来问呢,没有客观参与的主体又能谈得上什么意义呢?问得似乎有理,但我看这是另一个命题,这是关于存在的命题,没有客体即没有存在,因为没有客体,主体也便是没有依着无从实现的空幻,主客体均无便成绝对的虚空而不曾存在。而现在的命题是,存在已为确定之前提时的命题,就是说主客体已经面对,意义从何而来?美从何而来?如果它是客体自身的属性,它就应该像化学元素一样,在任何显微镜下都得到一声同样的赞叹,倘若赞叹不同甚或相反得了斥骂,我们就无法相信它是客体自身的属

---

[1] 本文节选自史铁生的《答自己问》。

性。你若说这是观察的有误,那就好了,美正是这样有误的观察。它是不同主体的不同赋予,是不同感悟的不同要求。漂亮并不是美。大家可以公认甲比乙漂亮,却未必能公认甲比乙美。随便一个略具风姿的少女都比罗丹的"老娼妇"漂亮,但哪一个更具美的意义却不一定,多半倒是后者。漂亮单作用于人的生理感观,仅是自然局部的和谐,而美则是牵涉着对生命意义的感悟,局部的不和谐可以在这个整体的意义中呈现更深更广的和谐。所以美仍是人的赋予,是由人对生命意义的感悟之升华所决定的。一个老娼妇站在街头拉客大约是极不漂亮的,但罗丹把这个生命历程所启示的意义全部凝固在一个造型中,美便呈现了。当然,谁要是把生命的意义仅仅理解成声色犬马高官厚禄,"老娼妇"的美也便不能向谁呈现。美是主观的,是人敬畏于宇宙的无穷又看到自己不屈的创造和升华时的骄傲与自赏。

  我差不多觉得上述文字都是废话,因为事情过于明白了。但是一涉及到写作,上述问题又似乎不那么明白了,至少是你明白我明白而某些管我们的人不明白。譬如:凭什么要由某人给我们规定该写什么和不该写什么呢?如果美单出自他一个人的大脑当然也可以,但已经没人相信这是可能的事了。如果美是唯一的一碗饭，这碗饭由他锁在自己的柜橱里，在喜庆的日子他开恩拨一点在我们的碗里让我们也尝尝，如果是这样当然就只好这样。但可惜不是这样。很不凑巧美不是这样的一碗饭。美是每一个精神都有能力发展都有权去创造的，我们干吗要由你来告诉我们？尤其是我们干吗要受你的限制？再譬如深入生活，凭什么说我们在这儿过了半辈子的生活是不深入的生活，而到某个地方呆三个月反倒是深入的？厂长知道哪儿有什么土特产令采购员去联系进货，李四光懂得哪儿有石油带工人们去钻井，均收极佳效果。但美不是哪方土特产也不是矿物，处处皆有美在正像人人都可做佛，美弥漫于精神的弥漫处。渴望自由的灵魂越是可以在那儿痛享自由，那儿的美便越是弥漫得浓厚，在相反的地方美变得稀薄。进一步说，美的浓厚还是稀薄，决定于人的精神是坚强还是孱弱，不屈还是奴化，纯净还是污秽，生长创造还是干涸萎缩，不分处所。你被押送到地狱，你也可以燃起悲壮的烈火，你人云亦云侥幸得上天堂，你也可能只是个调戏仙女的猪八戒。与通常说到真理时的逻辑一样，美也是在探索与创造中，她不归谁占有因而也不容谁强行指令。"天蓬元帅"因要强占造化之美，结果只落得个嘴长耳大降为人间的笑料。

美除了不畏强权不以物喜之外，还不能容忍狡猾智力的愚弄。她就是世界她就是孩子——原始艺术之美的原因大约就在于此，他们从天真的梦中醒来，还不曾沾染强权、物欲和心计的污垢，只相信自己心灵的感悟，无论是敬仰日月，赞颂生命，畏于无常，祈于歌舞，都是一味的纯净与鲜活。而原始艺术一旦成为时髦，被人把玩与卖弄，真的，总让人想起流氓。除非她是被真正的鉴赏家颤抖着捧在怀中被真正的创造者庄严地继承下去！原始的艺术在揪心地看着她的儿孙究竟要走一条什么路。儿孙们呢，他们遥想人类的童年仿佛告别着父母，看身前身后都是荒芜，便接过祖先的梦想，这梦想就是去开一条通往自由幸福之路——就是这么简单又是这么无尽无休的路。

欣赏与了解

（文／朱自清）

许久以前台中市公园大门的雕刻品被拆除了，引起不少人的注意。起因是，省府周主席巡视到该处，看见那形体奇特的雕刻物而感到困惑，顾问左右，左右亦瞠目而不能答。随后该项雕刻物即以被拆除闻。是谁拆的，是谁主张拆的，是根据什么理由拆的，我尚不知悉。台中公园我并未到过，那雕刻品究竟奇特到什么地步，我也不知道。后来在报纸上看到了一幅照片，虽然模糊不清，大体上尚可窥见其轮廓，我觉得这雕刻品颇为清新可喜，我对它有好感。

这雕刻品究竟是模仿什么东西的形体，是人体还是什么物体，我说不出来，我的困惑正不下于周主席所感到的。这雕刻品究竟具有什么意义，好在哪里，我也不能强作解人。但是为什么我好像还能欣赏它呢？这引起了我的思索。我是一个守旧的人，我无法摆脱过去所受的教育对于我的影响，对于一切事物的衡量难免不有成见。所以凡是新的事物，我怀疑，我只是观察，而不敢遽下论断。摩登派的艺术作品，包括文艺作品在内，我都觉得很陌生，不容易一下子就接受。不过这一类的作品，看多了、看久了，我们也能渐渐的欣赏。

艺术作品在社会上不能孤立，必须与背景配合。台中公园，大体上是东方庭园式的，一切安排点缀自然以具有东方色彩者为宜。就照片看，那被拆除的雕刻品，无论其本身是如何的优秀，放在那个环境里就觉得不大调和。这种极端摩登的艺术作品乃是西方高度工业化后的产物，亦可说是西方传统艺术发展到烂熟阶段以后的一种新的尝试。例如，最近美国的一些教堂建筑，图案翻新，可以说是无奇不有，打破了多年来传统的式样，我们若看看图片似乎也感觉颇有趣味，但若把这样的教堂建在我们的城市里，那就非常的不调和了。我们中国的艺术，自有我们的一套传统，大家不知不觉受此一传统的浸润熏陶，养成一种特有的品味。要接受西方的艺术，须要先接受西方的比较传统的艺术。二十世纪极端摩登的艺术品一旦投在我们的中间，自然是格格不入。台中公园的雕刻品如果是因此一理由而拆除，我觉得尚不失为一理由。不过我建议，如果这雕刻品的原来模型在保存中，似可把它放进一个保存艺术品的机构里供人观赏，因为我觉得它本身是有价值的。

我联想到另一问题：一件艺术品，我们若不能了解，是否亦可加以欣赏呢？

一般的讲，欣赏是基于了解的，不能了解的东西是无法欣赏的。我一向认为，艺术品的意义最为重要。基于此种观点，我对于艺术中之最纯粹的音乐，比较最缺乏欣赏的能力。音乐的境界极为高尚，但是比较的最为不易把捉。音乐家的作品，虽然有时也有颇富意义的标题，但我无法认识那标题与其作品的关联，倒是索性用数目字作记号的作品如"第五交响乐"、"第六交响乐"等等来得爽快。我没有资格批评音乐，但是我自己明白我不能怎样深入的欣赏音乐。在文学方面亦然，象征派的诗以及现代的一些作家的诗，我都感觉到艰涩难通。我读诗，都是从文字的了解着手，弄清楚其意义之所在，然后才欣赏其意境、结构、声调、音韵、词藻之美。我不能了解的作品，我只好把它摒诸我的欣赏范围之外。曾读过德·昆西（De Quincey）的著名的《论〈麦克白〉里的敲门》一文，他说人的理智（intellect）最不可靠，他推崇的是"感觉"。我总觉得这是一个浪漫主义的批评家的说辞，尽管美丽，却难令人置信。因此，我对于从美学的观点来观察文艺的那一派的理论，无法接受。在大体上我一向是被拘囿在理智的范畴之内。浪漫派的作品我能欣赏，因为那里面的想象与情感无论是多么离奇古怪，那表现的方法还是相当平正简单的，使用的工具还是大家都能懂的文字，其奥妙的所在还是通过正常的文字的。惟有到了浪漫主义的末流，十九世纪末那一段期间弥漫欧洲的各种新奇作风，我便不能了解，于是也就无法欣赏。有许多朋友们绝口称赞的鲍德莱尔、蓝波、里尔克、梵乐希等等的作品，我虽不敢说那是邪魔外道，至少我是无缘亲近。

不过我近年来的态度有一点改变了。天下事有许多是我们所不能了解的，有许多事靠了理智恐怕永久也不能了解。使我发生这种看法的契机乃是对佛书的偶然浏览。禅宗教外别传，不立文字，但是禅宗毕竟还是留下不少的文字，不有文字如何接引，难道真个要我们去学菩提达摩之九年面壁？可是我读到《碧岩集》、《无门关》以及禅宗语录之类，所谓"公案"，所谓"机锋"，茫然不知所云。经人指点，才知道这一类书的要义乃是在于打断普通的逻辑的思路。所谓"棒喝"，也是欲借猛烈刺激以斩断你的庸俗的想法，正似近代医学上的"震荡治疗法"（shock therapy）。所谓"言下领悟"，并不是领悟了什么艰深的理论，乃是把平常的那一套理智的烦琐的思想方法一脚踢开，用直觉的方法直截了当的走向明心见性的境界。禅宗书里面，有的是稀奇古怪的对话，驴唇不对马嘴，上气不接下气，我起初一点也不能欣赏，可是经人指点之后，一遍一遍的看，渐渐的觉得里面有点趣味，似乎是能稍稍的欣赏了。

因此我联想到艺术品，如果要加以欣赏，可能透过理智的了解，也可能不透过理智的了解，亦可能一部分透过理智的了解而另一部分不透过理智的了解。谢赫六法，首标"气韵生动"，这似乎就不是言语所能形容的境界。犹之禅定，究竟是怎样的一种境界，实不可说，说即不中。苏东坡诗："论画以形似，见与儿童邻。作诗必此诗，定知非诗人。"诗画同一道理，以神韵为主，而神韵就是很难捉摸的。司空表圣论诗云："梅止于酸，盐正于咸，饮食不可无酸咸，而其美常在酸咸之外。"此味外之味即是神韵，诗的妙处往往就是这样不可言说的。我并不是说艺术品一定要流于隐秘晦涩之一途，相反的，好的艺术品往往都是平易近人的。平易近人的作品正无妨其为深刻伟大。不过，艺术品的格调原不必统一划齐，其中可以有各种各样的格调。我们如果不把欣赏局囿于理智的了解以内,则我们欣赏的范围便可以放宽了。

话说回头,台中公园的那雕刻品,代表的是什么,我不知道,有人说是象征女人的肢体,我看也不大像,反正我们无需推敲,雕刻本来也无需一定求其"形似"。不能了解的东西,有时候依然可以欣赏,此即一例也。

绘画之用

（文 / 丰子恺）

从前日本有一个名画家，画一幅立轴，定价洋六十元，画中只有疏朗朗三粒豆。有一个商人看见了，惊叹道："一粒豆值洋二十元！？"

在展览会中，如果有人问我："绘画到底有什么用？"我准拟答复他说："绘画是无用的。""无用的东西！画家何苦画？展览会何苦开？""纯正的绘画一定是无用的，有用的不是纯正的绘画。无用便是大用。"

普通所见的画，种类甚多：纪念厅里的总理遗像也是画，教室里的博物挂图也是画，地理教科书中的名胜图也是画，马路周边的墙壁上的广告图也是画。然而这种都不是纯正的绘画。展览会里的才是纯正的美术的绘画。为什么呢？就因为前者是"有用"的，后者是"无用"的。

纪念厅里有总理遗像，展览会里也有人物画。但前者是保留孙中山先生的遗容，以供后人瞻仰的，后者并无这种目的，且不必标明是何人。博物挂图中有梅花图，吴昌硕的立幅中也有梅花图。然前者是对学生说明梅花有几个瓣，几个雄蕊与雌蕊的，而吴昌硕并不是博物教师。地理教科书中有西湖的风景图，油画中也有西湖的风景图。但前者是表明西湖的实景，使没有到过杭州的人可以窥见西湖风景的一斑，后者并不是冒充西湖的照片。马路周边的墙上的广告画中有香烟罐、啤酒瓶，展览会里的静物画中也有香烟罐、啤酒瓶。但前者的目的是要诱人去买，后者并不想为香烟公司及酿造厂推广销路。大厦堂前的立幅，试问有什么实用？诸君手中的扇子上画了花，难道会多一点凉风？展览会里的作品，都是这类无目的的、无用的绘画。——无用的绘画，才是真正的美术的绘画。

　　因为真的美术的绘画，其本质是"美"的。美是感情的，不是知识的，是欣赏的，不是实用的。所以画家但求表现其在人生自然中所发现的美，不是教人一种知识；看画的人，也只要用感情去欣赏其美，不可用知识去探究其实用。真的绘画，除了表现与欣赏之外，没有别的实际的目的。前述四种实例：遗像、博物图、名胜图、广告画，都是实用的，或说明的。换言之，都是为了一种实际的目的而画的。

　　所以这种都是实用图，都不是美术的绘画。但我的意思，并非说实用图都没有价值，我只是说，实用图与美术的绘画性质完全不同。看惯实用图的人，一旦走进展览会里，慎勿仍用知识探究的态度去看美的绘画。不然，就不免做出"一粒豆值洋二十元"的笑柄来。美术的绘画虽然无用（详言之，非实用，或无直接的用处），但其在人生的效果，比较起有用的（详言之，实用的，或直接有用的）图画来，伟大得多。

人类倘若没有了感情，世界将变成何等机械、冷酷而荒凉的生存竞争的战场！世界倘没有了美术，人生将何等寂寥而枯燥！美术是感情的产物，是人生的慰安。它能用慰安的方式来潜移默化我们的感情。

所以说，"真的绘画是无用的，有用的不是真的绘画。无用便是大用"。用慰安的方式来潜移默化我们的感情，便是绘画的大用。

一九二九年清明于石门湾，为全国美展刊作。

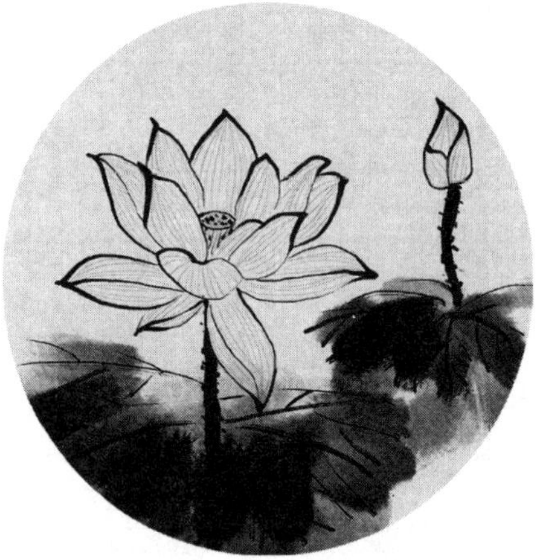

要善于辨别精粗美恶

（文 / 梅兰芳）

我在几句新年贺词中曾谈道："希望青年艺术家要注意辨别精、粗、美、恶。"我向来觉得这是一个艺术家一生艺术道路的重要关键，所以今天谈戏，我还要从这句话谈起，并且想打几个比方，具体的来谈谈。

以演员来说，无论过去、现在都有下列几种情况：有些是由一般的演员渐渐变成好演员，又不断进步成为突出的优秀演员。也有些始终是一般演员。还有些已经成为比较好的演员，慢慢又退化成一般的演员。更有些本来还不错，而越变越坏了。以上这些变化是什么原因呢？当然，天赋条件的不同，也决定了很多演员的前途，诸如好嗓子、好扮相变坏了就是演员的致命伤。还有一部分演员是自己不努力学习锻炼，或是生活环境不好，以及其他种种复杂原因，都能使演员表演停滞不前或退步，甚而至于到了不能演的程度。也还有一种情况，演员天赋条件不错，也很努力练习，可是演的总不够好。我个人的看法，最根本的原因，就是今天所要谈的，演员本人能不能辨别精、粗、美、恶的问题。

　　一个演员表演艺术的道路如果不正确，即使有较好的条件，在剧场中也能得到一部分观众的赞美，终归没有多大成就，所以说演员选择道路关系非常大。选择道路的先决条件，就须要自己能鉴别好坏，才能认清正确的方向，不怕手艺低，可以努力练习，怕的是眼界不高，那就根本无法提高了。

　　不能鉴别好坏，或鉴别能力不强的人，往往还能受环境中坏的影响而不自觉，是非常危险并且也是非常冤枉的。譬如一个演员天赋条件很好，演技功夫也很扎实，在这种基础上本来可以逐渐提高的。但如果和他同时还有个演员，比他声望高，表演上不可否认的也有些成就，可是毛病相当大，他就很可能受到这个演员的影响，学了一身的毛病，弃自己所长，学别人所短，将来可能弄得无法救药。归根的原因在于自己不能辨别，为一时肤浅的效果所诱惑，以至于走上歧路。

　　还有一些演员，条件和功夫基础都不错，也没有传染上别人的坏毛病，但自己的艺术总是不见进步，别人的长处感染不到，在生活中遇见鲜明的形象也无动于衷，这是什么道理呢？当然自己不继续勤学苦练也可能在一定的程度上故步自封，但也确有很努力的苦练了半辈子，可是总不够好，我们京剧演员对于这种现象有句老话是"没开窍",这种"没开窍"的原因,就是没有辨别精、粗、美、恶的能力,看见好的不能领会,看见坏的也看不出坏在何处,到处熟视无睹,自己不能给自己定出一个要求的标准,当然就无从提高自己的艺术。固然聪明人容易开窍,比较笨的人不容易开窍,但是思想懒惰,或骄傲自满,不肯各方面去思考,不多方面去接触,如同自己掩盖自己眼睛一样,掩着眼睛苦练是不会开窍的,所以天赋尽管比较迟钝,只要努力去各方面接触,广泛的开展自己的眼界,还是能作得到的。我个人的体验,辨别精、粗、美、恶的能力,完全可以用这种方法训练出来。因为好和坏是比出来的,眼界狭隘的人自然不能知道好的之上更有好的,不看坏的也感觉不出好的可贵。譬如一个演员,看一出公认的优秀演员的戏,或者看一件世界知名的伟大艺术品,看完之后应该自己想一想,究竟看懂没有?一般公认为好的地方究竟看出好来没有?不怕说不出所以然来,只要看得心花怒放,那就说明看懂了。如果自问确实没有看出好来,不要自己骗自己,而轻轻放过去,应当向比自己高明的人去请教,和自己不断的继续钻研,一定要使这个公认的好作品,对自己真的产生感染力,那就说明你的眼界提高了一步，这时候对自己表演的要求无形中也提高了。

　　对于名演员的表演，一般都有些崇拜思想，容易引起注意，也自然容易发生感染，因而不至于轻轻放过。只是对于一些有精湛表演而不很出名的演员，在辨认他优点的时候，则比较困难。遇到这种观摩机会，千万不要觉得他不是名演员而加以漠视，因为这正是锻炼眼力的机会。我个人就有这种经验，当我青年的时候，每次演完戏常常站在场面后头看戏，看到有些扮相嗓子都不好的配角演员，前台观众对他不大注意，后台对他却很尊敬，我当然明白这样的老先生一定是有本事。但坦白的说，最初我也看不出好处在哪里，经过长期细听细看，渐渐了解他不仅是会的多，演的准，而且在台上确是有别人所不及的地方。譬如一出戏的配角有某甲、某乙、某丙，在他们共同演出的时候，觉得除了主角之外，还看不出某个配角有什么突出的地方。等到有一天这出戏的某乙演员死了，换上另外一个人，立刻就认识到，原来某乙有这些和那些的长处，是新换的人所赶不上的。从这种实际体验中不知不觉把自己的眼睛练得更敏锐了些。

　　演员对于观摩同行演员之外，还应当细细的观摩隔行的角色演戏，来扩大自己的眼界。另外对于向来没有看过的剧种,和外国戏,更是考验眼力的好机会,因为对一个完全生疏的剧种,往往不容易理会,但是只要虚心看下去,一定也一样会发现它的优缺点。遇着机会把所看到的优缺点向本剧种的内行透露出来,看他们对自己的外行看法有什么表示?凡是对一种生疏的东西已经能提出恰当的批评来,就说明在原来的基础上又提高一步。

这些增强自己眼力的方法,都是要时时刻刻耐着心去做,不可听其自然,因为有时候稍微疏忽,就会受到损失。举一个例来说:我记得有一次也是去看一种从来没有见过的地方戏,最初一个感觉,好像觉得唱念有些可笑,锣鼓有些刺耳,很想站起来不看,在这时候自己克制自己,冷静了一下,就想到我是干什么的?今天干什么来了?一定要耐心看下去。转念之间,立刻眼睛耳朵都聪明了,看出不少优点。看了几次之后,不但懂了,而且对于这个剧种某几个演员的表演看上了瘾。我在几十年的舞台生活中向来是主动的多方面去接触,可是有时还沉不住气,不免要犯主观,不是转念的快,就几乎使自己受了损失。所以我觉得一个演员训练自己辨别精、粗、美、恶的能力,全靠自己来掌握。

不但观摩台上的表演要如此,在台下学戏更是如此。我

第一章 美的认识

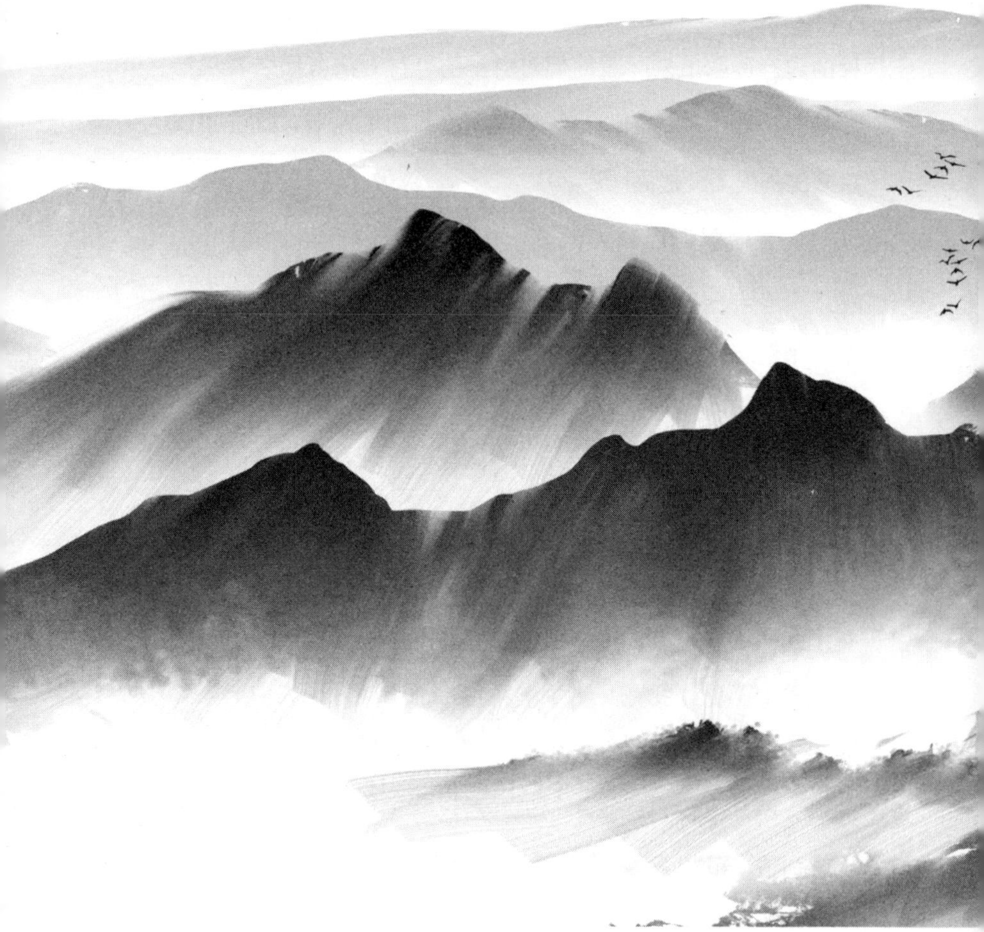

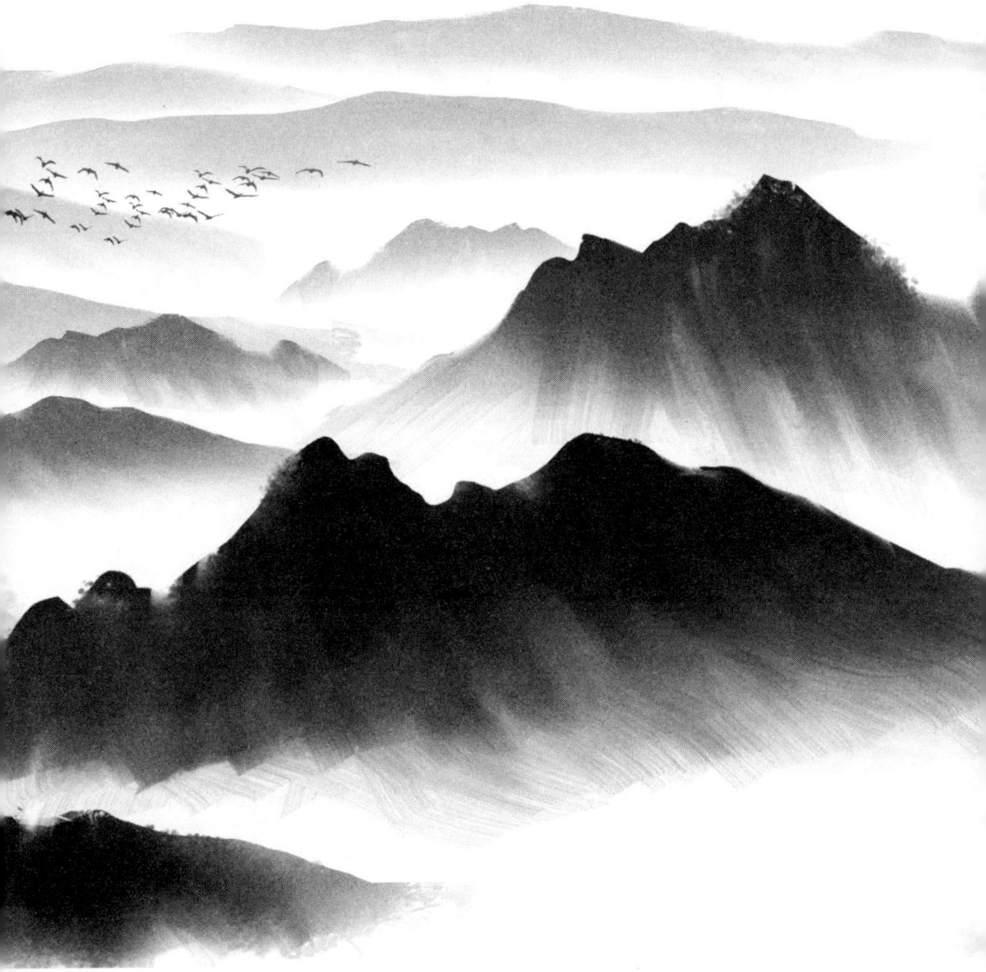

们作演员的，向老师学戏是最基本的功课。开蒙的时候，当然谈不到鉴别力，只能一字一板的，一手一式的跟着来。在过了一定的阶段以后，就需要去注意认识老师的艺术成就。举个例来说：我记得当初我向乔蕙兰先生学《游园惊梦》的时候，他已经早不演戏了。我平常对于乔先生的印象就是一个干瘦的老头，可是他从头到尾作起这出戏的身段来时，我对于那个穿着半旧大皮袄的瘦老头差不多就象没看见一样，只看见他的清歌妙舞，表现着剧中人的活动。当时我就想到：假使有个不懂的人在旁边看着，一定会觉得可笑的不得了。还有陈德霖老夫子同时也教我这出戏，我也有同样的感觉，他们素身表演和在台上同样引人入胜，这是真本事。（好多老前辈都有这个本事，现在谈到陈、乔二位先生，只是例子之一。）对于这样的老先生，除了学他们的一手一式精确演技之外，只要你眼睛敏锐，有鉴别力，就可以发现有很多很多他所说不出来的东西你可以学到。

　　有了这种锻炼，不但会研究老师，而且会随时随地发现值得注意的事物。在日常生活中，譬如看见一个人在安闲的坐着，或一个人在路上丢了小孩是什么神情姿态。一个写得一手好字的人拿笔的姿势，一个很熟练的洗衣人的浣洗动作……如果发现有突出的神情和节奏性很强的动作，都能通过敏锐的鉴别而吸收过来。施以艺术加工，用在舞台上。

一个演员对于剧本所规定的人物性格，除了从文学作品和过去名演员对于角色所创造、积累的结晶应当继承以外，主要就靠平时在生活中随时吸取新的材料来丰富角色的特点，并给传统表演艺术充实新的生命。假使不具备辨别精、粗、美、恶的能力，将会在日常生活中吸取了不合用的东西，甚而至于吸取不少坏东西。

有时候演员的动机确实很好，想从生活中吸取材料。只由于不辨精、粗、美、恶，对于前人的创造没有去很好的学习，或者学习了而不求甚解，视之无足轻重，因而对于生活中千千万万的现象就不可能辨认出哪个好哪个坏，哪个能用在舞台上，或不能用在舞台上。例如孙悟空这个角色，当优秀演员演出时，观众觉得他是一个英雄，是一个神，一出场就仿佛明霞万道似的，从扮相到舞蹈动作都表现这种气概，在这气概中还要有猴子体格灵巧的特色，这是最合乎理想的孙悟空。但现在也有些扮孙悟空的并不具备这种形象，只是拼命学真猴子，把许许多多难看的动作直接的搬上舞台，甚而至于把动物园中猴子母亲哺乳小猴子、抚摸小猴子的动作，都加到孙大圣的形象上去，这种无选择的向自然界吸取，是一种非常不好的倾向。

作为演员，当然要求在舞台上有创造，但是创造是艺术修养的成果，如果眼界不广，没有消化若干传统的艺术成果，在自己身上就不可能具备很好的表现手段，也就等于凭空的"创造"，这不但是艺术进步过程中的阻碍，而且是很危险的。

一个古老的剧种，能够松柏常青，是因为它随时进步。如果有突出的优秀的创造而为这个古老剧种某一项格律所限制的时候，我的看法是有理由可以突破的。但是必须有能力辨别好坏，这样的突破是不是有艺术价值？够得上好不够？值不值得突破？我同意欧阳予倩先生说的话："不必为突破而突破"。话又说回来，没有鉴别好坏的能力，眼界狭隘，就势必乱来突破了。

我个人的经验，除了向老先生虚心学习，和多方面观摩别人演出以外，还有最重要的，就是借用观众鉴别精、粗、美、恶的言论，来增强自己的鉴别力。观众里面有很多是鉴别力特精的，演员们耐心听一听观众尖锐的批评，会帮助我们眼睛、耳朵变得更尖更亮，能发现更多值得参考的东西。

以上所举的一些例子，都是以演员来谈的。至于剧作者和戏曲干部，也同样需要努力去扩大自己的眼界。譬如有这样一出戏，故事方面有头有尾，尽管和小说所描写叙述的不完全一致，但能使观众看得明白，内容也不算太多而主题鲜明，本是一出好戏。假使一个剧作者，把小说的叙事过程大量增加进去，由六刻的戏扩大成十余刻的戏。原来观众最爱看的场子，势必因增加内容而给减弱。这样做不但是这个好作品本身的损失，形成风气，害处更大，这也就是由于作者不辨精、粗、美、恶才发生的。

所以我个人的体会，不论演员和剧作者都必须努力开展自己的眼界。除了多看多学多读，还可以在戏曲范围之外，去接触各种艺术品和大自然的美景，来多方面培养自己的艺术水平，才不致因孤陋寡闻而不辨精、粗、美、恶，在工作中形成保守和粗暴。我们要时刻注意辨别好坏，将来在舞台上一定会出现不朽的创造。

以上所谈的不是深奥的理论，本是人人都知道的，并且戏曲界大多数人都有鉴别能力，好象是用不着细讲了。但前面所列举的现象，无庸讳言也是存在的事实。由此看来，一般太好太坏固然一望而知，但"生疏希见的好"和"看惯了的坏"就可能被忽略;"真正具有艺术价值"和"一时庸俗肤浅的效果",尤其现实主义和自然主义、形式主义与精确优美的程式错综夹杂的现象,更不大容易辨别。所以今天我特意谈一些个人的体会,供献给需要参考的同志们参考。

孔子之美育主义[1]

（文 / 王国维）

诗云："世短意常多，斯人乐久生。"岂不悲哉！人之所以朝夕营营者，安归乎？归于一己之利害而已。人有生矣，则不能无欲；有欲矣，则不能无求；有求矣，不能无生得失；得则淫，失则戚；此人人之所同也。世之所谓道德者，有不为此嗜欲之羽翼者乎？所谓聪明者，有不为嗜欲之耳目者乎？避苦而就乐，喜得而恶丧，怯让而勇争：此又人人之所同也。于是，内之发于人心也，则为苦痛；外之见于社会也，则为罪恶。然世终无可以除此利害之念，而泯人己之别者欤？将社会之罪恶固不可以稍减，而人心之苦痛遂长此终古欤？曰：有，所谓"美"者是已。

美之为物，不关于吾人之利害者也。吾人观美时，亦不知有一己之利害。德意志之大哲人汗德，以美之快乐为不关利害之快乐（Disinterested Pleasure）。至叔本华而分析

---

[1] 原刊《教育世界》杂志，1904年第1期。

观美之状态为二原质：（一）被观之对象，非特别之物，而此物之种类之形式；（二）观者之意识，非特别之我，而纯粹无欲之我也（《意志及观念之世界》第一册，二百五十三页）。何则？由叔氏之说，人之根本在生活之欲，而欲常起于空乏。既偿此欲，则此欲以终；然欲之被偿者一，而不偿者十百；一欲既终，他欲随之：故究竟之慰藉终不可得。苟吾人之意识而充以嗜欲乎？吾人而为嗜欲之我乎？则亦长此辗转于空乏、希望与恐怖之中而已，欲求福祉与宁静，岂可得哉！然吾人一旦因他故，而脱此嗜欲之网，则吾人之知识已不为嗜欲之奴隶，于是得所谓无欲之我。无欲故无空乏，无希望，无恐怖；其视外物也，不以为与我有利害之关系，而但视为纯粹之外物。此境界唯观美时有之。苏子瞻所谓"寓意于物"（《宝绘堂记》）；邵子曰："圣人所以能一万物之情者，谓其能反观也。所以谓之反观者，不以我观物也。不以我观物者，以物观物之谓也。既能以物观物，又安有我于其间哉？"（《皇极经世·观物内篇》七）此之谓也。其咏之于诗者，则如陶渊明云："采菊东篱下，悠然见南山。山气日夕佳，飞鸟相与还。此中有真意，欲辨已忘言。"谢灵运云："昏旦变气候，山水含清晖。清晖能娱人，游子澹忘归。"或如白伊龙云：

I live not in myself, but l become portion of that around me, and to me high mountains are a feeling.

皆善咏此者也。

夫岂独天然之美而已，人工之美亦有之。宫观之瑰杰，雕刻之优美雄丽，图画之简淡冲远，诗歌音乐之直诉人之肺腑，皆使人达于无欲之境界。故秦西自雅里大德勒以后，皆以美育为德育之助。至近世，谑夫志培利、赫启孙等皆从之。乃德意志之大诗人希尔列尔出，而大成其说，谓人日与美相接，则其感情日益高，而暴慢鄙倍之心自益远。故美术者科学与道德之生产地也。又谓审美之境界乃不关利害之境界，故气质之欲灭，而道德之欲得由之以生。故审美之境界乃物质之境界与道德之境界之津梁也。于物质之境界中，人受制于天然之势力；于审美之境界则远离之；于道德之境界则统御之（希氏《论人类美育之书简》）。由上所说，则审美之位置犹居于道德之次。然希氏后日更进而说美之无上之价值，曰："如人必以道德之欲克制气质之欲，则人性之两

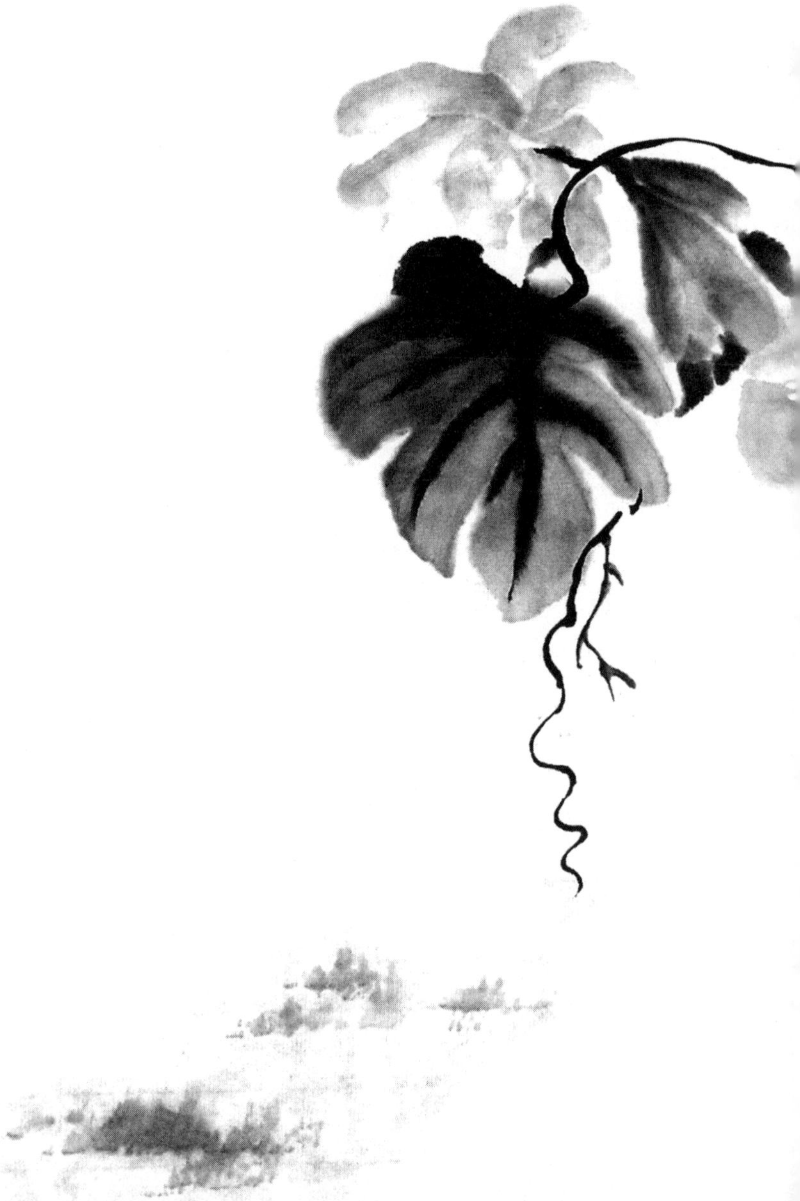

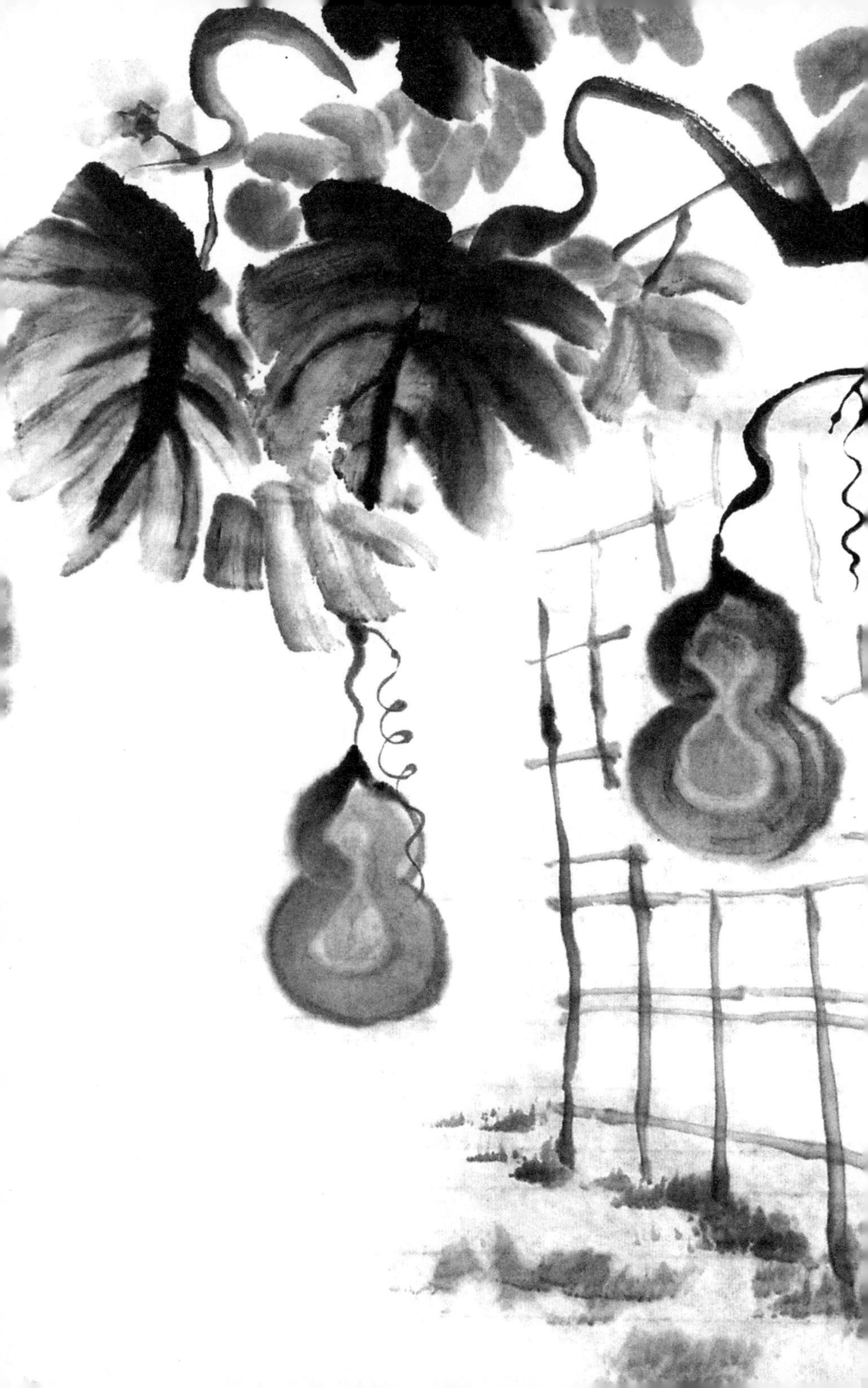

部犹未能调和也。于物质之境界及道德之境界中，人性之一部，必克制之以扩充其他部；然人之所以为人，在息此内界之争斗，而使卑劣之感跻于高尚之感觉。如汗德之严肃论中气质与义务对立，犹非道德上最高之理想也。最高之理想存于美丽之心（Beautiful Soul），其为性质也，高尚纯洁，不知有内界之争斗，而唯乐于守道德之法则，此性质唯可由美育得之。"（芬特尔朋《哲学史》第六百页）此希氏最后之说也。顾无论美之与善，其位置孰为高下，而美育与德育之不可离，昭昭然矣。

今转而观我孔子之学说。其审美学上之理论虽不可得而知，然其教人也，则始于美育，终于美育。《论语》曰："小子何莫学夫诗。诗可以兴，可以观，可以群，可以怨。迩之事父，远之事君。多识于鸟兽草木之名。"又曰："兴于诗，立于礼，成于乐。"其在古昔，则胄子之教，典于后夔；大学之事，董于乐正（《周礼·大司乐》、《礼记·王制》）。然则以音乐为教育之一科，不自孔子始矣。荀子说其效曰："乐者，圣人之所乐也，而可以善民心。其感人深，其移风易俗……故乐行而志清，礼修而行成，耳目聪明，血气和平，移风易俗，天下皆宁。"（《乐论》）此之谓也。故"子在齐闻《韶》",则"三月不知肉味"。而《韶》乐之作,虽挈壶之童子,其视精,其行端。音乐之感人,其效有如此者。

且孔子之教人,于诗乐外,尤使人玩天然之美。故习礼于树下,言志于农山,游于舞雩,叹于川上,使门弟子言志,独与曾点。点之言曰:"莫春者,春服既成,冠者五六人,童子六七人,浴乎沂,风乎舞雩,咏而归。"由此观之,则平日所以涵养其审美之情者可知矣。之人也,之境也,固将磅礴万物以为一,我即宇宙,宇宙即我也。光风霁月不足以喻其明,泰山华岳不足以语其高,南溟渤澥不足以比其大。邵子所谓"反观"者非欤?叔本华所谓"无欲之我"、希尔列尔所谓"美丽之心"者非欤?此时之境界:无希望,无恐怖,无内界之争斗,无利无害,无人无我,不随绳墨而自合于道德之法则。一人如此,则优入圣域;社会如此,则成华胥之国。孔子所谓"安而行之",与希尔列尔所谓"乐于守道德之法则"者,舍美育无由矣。

呜呼!我中国非美术之国也!一切学业,以利用之大宗旨贯注之。治一学,必质其有用与否;为一事,必问其有益与否。美之为物,为世人所不顾久矣!故我国建筑、雕刻之术，无可言者。至图画一技，宋元以后，生面特开，其淡远幽雅实有非西人所能梦见者。诗词亦代有作者。而世之贱儒辄援"玩物丧志"之说相诋。故一切美术皆不能达完全之域。美之为物，为世人所不顾久矣！庸讵知无用之用，有胜于有用之用者乎？以我国人审美之趣味之缺乏如此，则其朝夕营营，逐一己之利害而不知返者，安足怪哉！安足怪哉！庸讵知吾国所尊为"大圣"者，其教育固异于彼贱儒之所为乎？故备举孔子美育之说，且诠其所以然之理。世之言教育者，可以观焉。

美学的进化[1]

（文 / 蔡元培）

——在湖南长沙的第三次演讲

我已经讲过美术的进化了，但我们不是稍稍懂得一点美学，决不能知道美术的底蕴，我所以想讲讲美学。今日先讲美学的进化。

我们知道，不论哪种学问，都是先有术后有学，先有零星片段的学理，后有条理整齐的科学。例如上古既有烹饪，便是化学的起点。后来有药房，有炼丹法，化学的事实与理论，也陆续的发布了。直到十八世纪，始成立科学。美学的萌芽，也是很早。中国的《乐记》、《考工记》、《梓人篇》等，已经有极精的理论。后来如《文心雕龙》，各种诗话，各种评论书画古董的书，都是与美学有关。但没有人能综合各方面的理论，有系统的组织起来，所以至今还没有建设美学。

---

[1] 原载1921年2月19日《北京大学日刊》第811号，又刊《绘学杂志》第3期。

在欧洲古代，也是这样。希腊的大哲学家，如柏拉图、亚里士多德等，都有关于美学的名言。柏氏所言，多关于美的性质；亚氏更进而详论各种美术的性质。柏氏于美术上提出"模仿自然"的一条例，后来赞成他的很多。到近来觉得最高的美术，尚须修正自然，不能专说模仿了。亚氏对于美术，提出"复杂而统一"一条例，今尚颠扑不破。譬如我在这个黑板上画一个圆圈，是统一的，但不觉得美，因为太简单。又譬如我左边画几个人，右边画个动物，中间画些山水、房屋、花木等类，是复杂的；但也不觉得美，因为彼此不相连贯，没有统系，就是不统一。所以既要复杂，又要统一，确是美术的公例。

罗马时代的文学家、雄辩家、建筑家，关于他的专门技术，间有著作。到文艺中兴时期，文喜[1]（Leonardo Da Vincc）、埃尔倍西[2]（Leone Battista Alberti）、佘尼尼（Cemimo Cennine）等美术家，尤注意于建筑与图画的理论。那时候科学还不很发达，不能大有成就。十七世

---

1 文喜：达·芬奇（意大利语，Leonardo da Vinci，文中为误译，1452—1519）。
2 埃尔倍西：阿尔贝蒂（1404—1472），意大利建筑师、艺术理论家。著有《论绘画》《论建筑》等书。

纪，法国的诗人有点新的见解。其中如波埃罗[1]（Borlean-Despeaux）于所著《诗法》中提出"美不外乎真"的主义，很震动一时。用学理来分析美的元素，为美学先驱的，要推十七、十八世纪的英国经验派心理学家。他们知道美的赏鉴，是属于感情与想象力的。美的判断，不专是认识的。而且美的感情，也与别种感情有不同的点。如呵末[2]（Hume）说美的快感是超脱的，与道德的实用的感情不同。又如褒尔克（Burke）研究美感的种类，说美，是一见就生快感的，这是与人类合群的冲动有关。高，初见便觉不快，仿佛是危险的，这是与人类自存的冲动有关。但后来仍有快感，因知道这是我们观察中的假象。都是美学家最注意的问题。

以上所举的哲学家，虽然有美学的理论，但都附属在哲学的或美术的著作中。不但没有专门美学的书，还没有美学的专名，与中国一样。一直到一七五〇年，德国

---

[1] 波埃罗：布瓦洛（1636—1711），法国诗人、文学批评家，被称为古典主义的立法者和发言人。
[2] 呵末：休谟（1711—1776），英国哲学家、历史学家、经济学家。著有《人性论》《道德原则研究》《人类理解研究》《宗教的自然史》等书。

鲍格登[1]（Alexander Baumgarten）著《爱斯推替克》（Aesthetica）一书，专论美感。"爱斯推替克"一字，在希腊文本是感觉的意义，经鲍氏著书后，就成美学专名，各国的学者都沿用了。这是美学上第一新纪元。

鲍氏以后，于美学上有重要关系的，是康德（Kant）的著作。康德的哲学是批评论。他著《纯粹理性批评》，评定人类和知识的性质；又著《实践理性批评》，评定人类意志的性质。前的说现象界的必然性，后的说本体界的自由性。这两种性质怎么能调和呢？依康德见解，人类的感情是有普遍的自由性，有结合纯粹理性与实践理性的作用。由快不快的感情起美不美的判断，所以他又著《判断力批评》一书。书中分究竟论、美论二部。美论上说明美的快感是超脱的，与呵末同。他说官能上适与不适，实用上良与不良，道德上善与不善，都是同一个目的作标准。美感是没有目的，不过主观上认为有合目的性，所以超脱。因为超脱，与个人的利害没有关系，所以普遍。他分析美与高的性质，也比襄

---

[1] 鲍格登：鲍姆嘉通（1714—1762），德国著名哲学家。鲍姆嘉通继承了莱伯尼茨与沃尔夫的"感性认知"，并系统地化成一门新的学科，并将它命名为"Aesthetic"。这是鲍姆嘉通对美学史的一大贡献，他后来被称为"美学之父"。

尔克进一步。他说高有大与强二种，起初感为不快，因自感小弱的原故。后来渐渐消去小弱的见，自觉与至大至强为一体，自然转为快感了。他的重要的主张，就是无论美与高，完全属于主观，完全由主观上写象力与认识力的调和，与经验上的客观无涉。所以必然而且普遍，与数学一样。自康德此书出后，美学遂于哲学中占重要地位；哲学的美学由此成立。

绍述康德的理论，又加以发展的，是文学家希洛[1]（Schiller）。他所主张的有三点：

一、美是假象，不是实物，与游戏的冲动一致。

二、美是全在形式的。

三、美是复杂而又统一的，就是没有目的而有合目的性的形式。

以后盛行的，是理想派哲学家的美学。其中最著名的，如隋林[2]（Schelling）的哲学，谓自然与精神，同出于绝对的本体。本体是平等的，无限的；但我们所生活的现象世界

---

1 希洛：席勒（1890—1918），奥地利人，20世纪初期的表现主义画家，是维也纳分离派的代表人物。代表作品有《斜卧的女人》《拥抱》《低着头的自画像》等。

2 隋林：谢林（1775—1854），德国哲学家。

是差别的，有限的。要在现象世界中体认绝对世界，惟有观照。知的观照，属于哲学；美的观照，属于艺术。哲学用真理导人，但被导的终居少数；艺术可以使人人都观照绝对。隋氏的哲学，是抽象一元论。所以他独尊抽象，说具象美不过是抽象美的映象。

后来黑格尔[1]（Hegel）不满意于隋林的抽象观念论，所以设具象观念论。他说美是在感觉上表现的理想。理想从知性方面抽象的认识，是真；若从感觉方面具象的表现，是美。表现的作用愈自由，美的程度愈高。最幼稚的是符号主义，如古代埃及、叙利亚、印度等艺术，是精神受自然压制，心能用一种符号表示不明了的理想。进一步是古典主义，如希腊人对于自然，能维持精神的独立；他们的艺术，是自然与精神的调和。又进一步，是浪漫主义，如中世纪基督教的美术，是完全用精神支配自然。

与黑氏同时有叔本华[2]（Schopenhauer），他是说世

1　黑格尔（1770—1831）：德国哲学家，建立了世界哲学史上最为庞大的客观唯心体系极大地丰富了辩证法。
2　叔本华（1788—1860）：德国著名哲学家。哲学史上第一个公开反对理性主义哲学的人，并开创了非理性主义哲学的先河，是唯意志论的创始人和主要代表之一。

界的本体，是盲目的意志。人类在现象世界，因为欲求，所以常感苦痛。要去此苦痛，惟有回向盲目的本体。回向的作用，就是鉴赏艺术。叔氏分艺术为四等：第一是高的，第二是美的，第三是美而有刺激性的，第四是丑的。

理想派的美学，多注重内容；于是有绍述康德偏重形式的一派。创于海伯脱[1]（Herbart），大成于齐末曼（Kimmermann）。齐氏所定的三例：

一、简平的对象，不能起美学的快感与不快感。

二、复合的对象，有美学的快感与不快感；但从形式上起来。

三、形式以外的部分（如材料等）全无关系。

由形式论转为感情论的是克尔门（Kirchmann），他说美是一种想体，就是实体的形象；但这实体必要有感兴的，且取他形象时，必要经理想化，可以起人纯粹的感兴。

把哲学的美学集大成的，是哈脱门（Hartmann）的美的哲学。哈氏说理想的自身，并不就是美；理想的内容表现为感觉上的假象，才是美。这个假象，是完全具象的。若理想

---

1 海伯脱：赫尔巴特（1776—1841），19世纪德国哲学家、心理学家，科学教育学的奠基人。

的内容，不能完全表现为假象，就减少了美的程度。愈是具象的，就愈美。所以哈氏分美为七等，由抽象进于具象：第一是官能快感，第二是量美，第三是力美，第四是工艺品，第五是生物，第六是族性，第七是个性。

从鲍尔等到哈脱门，都是哲学的美学，都是用演绎法的。哈氏的《美的哲学》，在一八八七年出版。前十七年即一八七一年，费希耐[1]（Gustav Theodor Fechner）发布一本小书，叫作《实验美学》（Zur experimentalen Aesthetik），及一八七六年又发布一书，叫作《美学的预科》（Vorschule der Aesthetik），他是主张用归纳法治美学，建设科学的美学，这是美学上第二新纪元。费氏的归纳法，用三种方法考验量美：

一、选择法：用各种不同的长方形，令人选取最美观的。

二、装置法：用硬纸两条，令人排成十字架，看他横条置在纵条那一点。

三、用具观察法：把普通人日常应用品物，如信笺、信

---

[1] 费希耐（1801—1887）：德国物理学家、哲学家、心理学家、美学家。著有《实验美学论》（1871）和《美学导论》（1876），对于各种美学问题、原则和方法进行了讨论，奠定了实验心理学美学的基础。

封、糖匣、烟盒、画幅等,并如建筑上门、窗等,都量度他纵横两面长度的比例,求得最大多数的比例是什么样。前两法的结果,是大多数人所选择或装置的,都与崔新(Adolf Zeising)所发见的截金法相合,就是三与五、五与八、八与十三等比例。但是第三种的结果费氏却没有报告。

费氏以后从事实验的,如惠铁梅(Witmer)、射加尔(Segal)等用量美;伯开(Baker)、马育(Major)等用色彩;摩曼(Meumann)、爱铁林该(ttlinger)等用声音;孟登堡[1](Munstenberg)、沛斯(Piorce)等用各种简单线的排列法,都有良好的结果,但都是偏于一方面的。又最新的美学家,如康德派的科恩(Cohn),黑格尔派的维绥(Vischer),注重感情移入主义的栗丕斯(Th. Lipps)、富开尔(Volkeh),英国证明游戏冲动说的斯宾塞尔(Spencer),法国反对超脱主义的纪约(Guyau)等,所著美学,也多采用科学方法,但是立足点仍在哲学。所以科学的美学,至今还没完全成立。摩曼于一九〇八发布《现代美学绪论》,又于一九一四年发布《美学的系统》,虽然都

---

[1] 孟登堡:明斯特伯格(1863—1916),德国著名心理学家、美学家,"工业心理学之父"。

第一章 美的认识

是小册，但对于美学上很有重要的贡献。他说建设科学的美学，要分四方面研究：（一）艺术家的动机，（二）赏鉴家的心理，（三）美术的科学，（四）美的文化。若照此计划进行，科学的美学当然可以成立了。

第二章　美在何处

"听得见的声调固然幽美,听不见的声调尤其幽美"(Heard melodies are sweet, but those unheard are sweeter)。

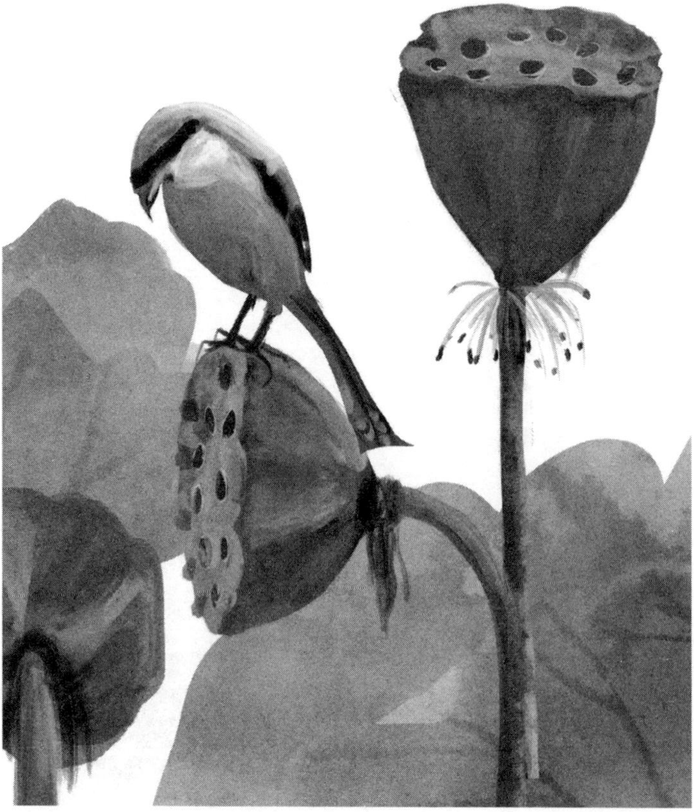

观画记[1]

（文／老舍）

　　看我们看不懂的事物，是很有趣的；看完而大发议论，更有趣。幽默就在这里。怎么说呢？去看我们不懂得的东西，心里自知是外行，可偏要装出很懂行的样子。譬如文盲看街上的告示，也歪头，也动嘴唇，也背着手；及至有人问他，告示上说的什么，他答以正在数字数。这足以使他自己和别人都感到笑的神秘，而皆大开心。看完再对人讲论一番便更有意思了。譬如文盲看罢告示，回家对老婆大谈政治，甚至因意见不同，而与老婆干起架来，则更热闹而紧张。

　　新年前，我去看王绍洛先生个人展览的西画。济南这个地方，艺术的空气不象北平那么浓厚。可是近来实在有起色，书画展览会一个接着一个的开起来。王先生这次个展是在十二月二十三日到二十五日。只要有图画看，我总得去看看。因为我对于图画是半点不懂，所以我必须去看，

---

[1] 原刊1934年2月《青年界》第5卷第2期。

表示我的腿并不外行，能走到会场里去。一到会场，我很会表演。先在签到簿上写上姓名，写得个儿不小，以便引起注意而或者能骗碗茶喝。要作品目录，先数作品的号码，再看标价若干，而且算清价格的总积：假如作品都售出去，能发多大的财。我管这个叫作"艺术的经济"。然后我去看画。设若是中国画，我便靠近些看，细看笔道如何，题款如何，图章如何，裱的绫子厚薄如何。每看一项，或点点头，或摇摇首，好象要给画儿催眠似的。设若是西洋画，我便站得远些看，头部的运动很灵活，有时为看一处的光线，能把耳朵放在肩膀上，如小鸡蹲痒痒然。这看了一遍，已觉有点累得慌，就找个椅子坐下，眼睛还盯着一张画死看，不管画的好坏，而是因为它恰巧对着那把椅子。这样死盯，不久就招来许多人，都要看出这张图中的一点奥秘。如看不出，便转回头来看我，似欲领教者。我微笑不语，暂且不便泄露天机。如遇上熟人过来问，我才低声的说："印象派，可还不到后期，至多也不过中期。"或是："仿宋，还好；就是笔道笨些！"我低声的说，因为怕叫画家自己听见；他听不见呢，我得唬就唬，心中怪舒服的。

其实，什么叫印象派，我和印度的大象一样不懂。我自己的绘画本事限于画"你是王八"的王八，与平面的小人。说什么我也画不上来个偏脸的人，或有四条腿的椅子。可是我不因此而小看自己；鉴别图画的好坏，不能专靠"像不像"；图画是艺术的一支，不是照相。呼之为牛则牛，呼之为马则马；不管画的是什么，你总得"呼"它一下。这恐怕不单是我这样，有许多画家也是如此。我曾看见一位画家在纸上涂了几个黑蛋，而标题曰"群雏"。他大概是我的同路人。他既然能这么干，怎么我就不可以自视为天才呢？那么，去看图画；看完还要说说，是当然的。说得对与不对，我既不负责任，你干吗多管闲事？这不是很逻辑的说法吗？

我不认识王绍洛先生。可是很希望认识他。他画得真好。我说好，就是好，不管别人怎么说。我爱什么，什么就好，没有客观的标准。"客观"，顶不通。你不自己去看，而派一位代表去，叫作客观；你不自己去上电影院，而托你哥哥去看贾波林，叫作客观；都是傻事，我不这么干。我自己去看，而后说自己的话；等打架的时候，才找我哥哥来揍你。

王先生展览的作品：油画七十，素描二十四，木刻七。在量上说，真算不少。对于木刻，我不说什么。不管它们怎样好，反正我不喜爱它们。大概我是有点野蛮劲，爱花红柳绿，不爱黑地白空的东西。我爱西洋中古书籍上那种绘图，因为颜色鲜艳。一看黑漆的一片，我就觉得不好受。木刻，对于我，好象黑煤球上放着几个白元宵，不爱！有人给我讲过相对论，我没好意思不听，可是始终不往心里去；不论它怎样相对，反正我觉得它不对。对木刻也是如此，你就是说得天花乱坠，还是黑煤球上放白元宵。对于素描，也不爱看，不过瘾；七道子八道子的！

我爱那些画。特别是那些风景画。对于风景画，我爱水彩的和油的，不爱中国的山水。中国的山水，一看便看出是画家在那儿作八股，弄了些个起承转合，结果还是那一套。水彩与油画的风景真使我接近了自然，不但是景在那里，光也在那里，色也在那里，它们使我永远喜悦，不象中国山水画那样使我离开自然，而细看笔道与图章。这回对了我的劲，王先生的是油画。他的颜色用得真漂亮，最使我快活的是绿瓦上的那一层嫩绿——有光的那一块儿。他有不少张风景画，我因为看出了神，不大记得哪张是哪张了。我也不记得哪张太刺眼，这就是说都不坏，除了那张《汇泉浴场》似乎有点俗气。那张《断墙残壁》很好，不过着色太火气了些；我提出这个，为是证明他喜欢用鲜明的色彩。他是宜于画春夏景物的,据我看。他能画得干净而活泼;我就怕看抹布颜色的画儿。

  关于人物,《难民》与《忏悔》是最惹人注意的。我不大爱那三口儿难民,觉得还少点憔悴的样子。我倒爱难民背后的设景:树,远远的是城,城上有云;城和难民是安定与漂流的对照,云树引起渺茫与穷无所归之感。《官邸与民房》也是用这个结构——至少是在立意上。最爱《忏悔》。裸体的男人,用手捧着头,头低着。全身没有一点用力的地方,而又没一点不在紧缩着,是忏悔。此外还有好几幅裸体人形,都不如这张可喜。永不喜看光身的大胖女人,不管在技术上有什么讲究,我是不爱看"河漂子"的。

  花了两点钟的工夫,还能不说几句么?于是大发议论,大概是很臭。不管臭不臭吧,的确是很佩服王先生。这决不是捧场;他并没见着我,也没送给我一张画。我说他好歹,与他无关,或只足以露出我的臭味。说我臭,我也不怕,议论总是要发的。伟人们不是都喜欢大发议论么?

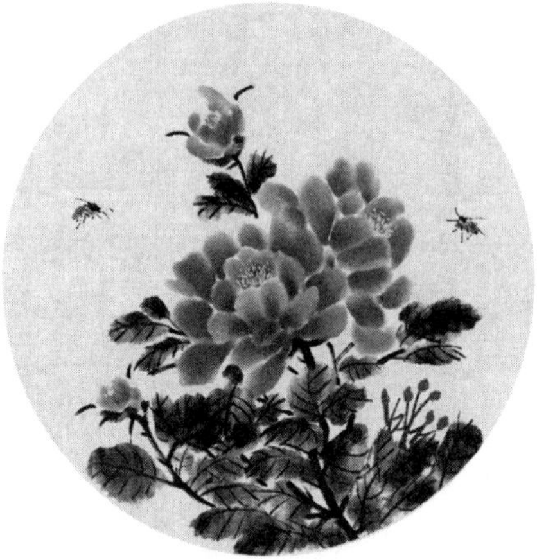

自　然

（文 / 丰子恺）

"美"都是"神"的手所造的。假手于"神"而造美的，是艺术家。

路上的褴褛的乞丐，身上全无一点人造的装饰，然而比时装美女美得多。这里的火车站旁边有一个伛偻的老丐，天天在那里向行人求乞。我每次下了火车之后，迎面就看见一幅米叶[1]（Millet）的木炭画，充满着哀怨之情。我每次给他几个铜板——又买得一幅充满着感谢之情的画。

女性们煞费苦心于自己的身体的装饰。头发烫也不惜，胸臂冻也不妨，脚尖痛也不怕。然而真的女性的美，全不在乎她们所苦心经营的装饰上。我们反在她们所不注意的地方发现她们的美。不但如此，她们所苦心经营的装饰，反而妨碍了她们的真的女性的美。所以画家不许她们加上这种人造的装饰，要剥光她们的衣服，而赤裸裸地描写"神"的作品。

1　米叶：让·弗朗索瓦·米勒（1814—1875），法国近代绘画史上最受人民爱戴的画家。

画室里的模特儿虽然已经除去一切人造的装饰，剥光了衣服；然而她们倘然受了作画学生的指使，或出于自心的用意，而装腔作势，想用人力硬装出好看的姿态来，往往越装越不自然，而所描的绘画越无生趣。印象派以来，裸体写生的画风盛于欧洲，普及于世界。使人走进绘画展览中，如入浴堂或屠场，满目是肉。然而用印象派的写生的方法来描出的裸体，极少有自然的，美的姿态。

自然的美的姿态，在模特儿上台的时候是不会有的；只有在其休息的时候，那女子在台旁的绒毡上任意卧坐，自由活动的时候，方才可以见到美妙的姿态，这大概是世间一切美术学生所同感的情形吧。因为在休息的时候，不复受人为的拘束，可以任其自然的要求而活动。"任天而动"，就有"神"所造的美妙的姿态出现了。

人在照相中的姿态都不自然，也就是为此，普通照相中的人物，都装着在舞台上演剧的优伶的神气，或南面而朝的王者的神气，或庙里的菩萨像的神气，又好像正在摆步位的拳教师的神气。因为普通人坐在照相镜头前面被照的时候，往往起一种复杂的心理，以致手足无措，坐立不安，全身紧张得很，故其姿态极不自然。加之照相者又要命令他"头抬高点！""眼睛看着！""带点笑容！"内面已在紧张，外面又要听照相者的忠告，而把头抬高，把眼钉住，把嘴勉强笑出，这是何等困难而又滑稽的办法！怎样教底片上显得出美好的姿态呢？我近来正在学习照相，因为嫌恶这一点，想规定不照人物的肖像，而专照风景与静物，即神的手所造的自然，及人借了神的手而布置的静物。

人体的美的姿态，必是出于自然的。换言之，凡美的姿态，都是从物理的自然的要求而出的姿态，即舒服的时候的姿态。这一点屡次引起我非常的铭感。无论贫贱之人，丑陋之人，劳动者，黄包车夫，只要是顺其自然的天性而动，都是美的姿态的所有者，都可以礼赞。甚至对于生活的幸福全然无分的，第四阶级以下的乞丐，这一点也决不被剥夺，与富贵之人平等。不，乞丐所有的姿态的美，屡比富贵之人丰富得多。试入所谓上流的交际社会中，看那班所谓"绅士"，所谓"人物"的样子，点头，拱手，揖让，进退等种种不自然的举动，以及脸的外皮上硬装出来的笑容，敷衍应酬的不由衷的言语，实在滑稽得可笑，我每觉得这种是演剧，不是人的生活。过这样的生活，宁愿作乞丐。

被造物只要顺天而动，即见其真相，亦即见其固有的美。我往往在人不注意、不戒备的时候，瞥见其人的真而美的姿态。但倘对他熟视或声明了，这人就注意，戒备起来，美的姿态也就杳然了。从前我习画的时候，有一天发现一个朋友的pose（姿态）很好，要求他让我画一张sketch（速写），他限我明天。到了明天，他剃了头，换了一套新衣，挺直了项颈危坐在椅子里，教我来画……这等人都不足以言美。

我只有和我的朋友老黄[1]，能互相赏识其姿态，我们常常相对坐谈到半夜。老黄是画画的人，他常常嫌模特儿的姿态不自然，与我所见相同。他走进我的室内的时候，我倘觉得自己的姿势可观，就不起来应酬，依旧保住我的原状，让他先鉴赏一下。他一相之后，就会批评我的手如何，脚如何，全体如何。然后我们吸烟煮茶，晤谈别的事体。晤谈之中，我忽然在他的动作中发见了一个好的pose，"不动！"他立刻石化，同画室里的石膏模型一样。我就欣赏或描写他的姿态。

不但人体的姿态如此，物的布置也逃不出这自然之律。凡静物的美的布置，必是出于自然的。换言之，即顺当的，

1　老黄：作者的朋友黄涵秋。

妥帖的，安定的。取最贴近的例子来说：假如桌上有一把茶壶与一只茶杯，倘这茶壶的嘴不向着茶杯而反向他侧，即茶杯放在茶壶的后面，犹之孩子躲在母亲的背后，谁也觉得这是不顺当的，不妥帖的，不安定的。同时把这画成一幅静物画，其章法（即构图）一定也不好。美学上所谓"多样的统一"，就是说多样的事物，合于自然之律而作成统一，是美的状态。譬如讲坛的桌子上要放一个花瓶。花瓶放在桌子的正中，太缺乏变化，即统一而不多样。欲其多样，宜稍偏于桌子的一端。但倘过偏而接近于桌子的边上，看去也不顺当，不妥帖，不安定。同时在美学上也就是多样而不统一。大约放在桌子的三等分的界线左右，恰到好处，即得多样而又统一的状态。同时在实际也是最自然而稳妥的位置。这时候花瓶左右所余的桌子的长短，大约是三与五，至四与六的比例。这就是美学上所谓"黄金比例"。

　　黄金比例在美学上是可贵的，同时在实际上也是得用的。所以物理学的"均衡"与美学的"均衡"颇有相一致的地方。右手携重物时左手必须扬起，以保住身体的物理的均衡。这姿势在绘画上也是均衡的。兵队中"稍息"的时候，身体的重量全部搁在左腿上，右腿不得不斜出一步，以保住

物理的均衡。这姿势在雕刻上也是均衡的。

　　故所谓"多样的统一""黄金律""均衡"等美的法则，都不外乎"自然"之理，都不过是人们窥察神的意旨而得的定律。所以论文学的人说，"文章本天成，妙手偶得之"；论绘画的人说，"天机勃露，独得于笔情墨趣之外"。"美"都是"神"的手所造的，假手于"神"而造美的，是艺术家。

从梅花说到美[1]

(文 / 丰子恺)

梅花开了！我们站在梅花前面，看到冰清玉洁的花朵的时候，心中感到一种异常的快适。这快适与收到附汇票的家信或得到full mark（满分）的分数时的快适，滋味不同；与听到下课铃时的快适，星期六晚上的快适，心情也全然各异。这是一种沉静、深刻而微妙的快适。言语不能说明，而对花的时候，个人会自然感到。这就叫做"美"。

美不能说明而只能感到。但我们在梅花前面实际地感到了这种沉静深刻而微妙的美，而不求推究和说明，总不甘心。美的本身的滋味虽然不能说出，但美的外部的情状，例如原因或条件等，总可推就而谈论一下，现在我看见了梅花而感到美，感到了美而想谈美了。

关于"美"是什么的问题，自古没有一定的学说。俄罗斯的文豪托尔斯泰曾在其《艺术论》中列述近代三四十位美

---

[1] 原载1930年2月《中学生》第2号。

学研究者的学说，而各人说法不同。要深究这个问题，当读美学的专书。现在我们只能将古来最著名的几家的学说，在这里约略谈论一下。

最初，希腊的哲学家苏格拉底这样说："美的东西就是最适合于其用途及目的的东西。"他举房屋为例，说最美丽的房屋，就是最合于用途，最适于居住的房屋。这的确是有理由的。房子的外观，无论何等美丽，而内部不适于居人，决不能说是美的建筑。不仅房屋为然，用具及衣服等亦是如此。花瓶的样子无论何等巧妙，倘内部不能盛水插花，下部不能稳坐桌子上，终不能说是美的工艺品。高跟皮鞋的曲线无论何等玲珑，倘穿了走路要跌跤，终不能说是美的装束。

"美就是适用于用途与目的。"苏格拉底这句话，在建筑及工艺上固然讲得通，但按到我们的梅花，就使人难解了。我们站在梅花前面，实际地感到梅花的美，但梅花有什么用途与目的呢？梅花是天教它开的，不是人所制造的，天生它出来，或许有用途与目的，但人们不能知道。人们只能站在它前面而感到它的美。风景也是如此：西湖的风景很美，但我们绝不会想起西湖的用途与目的。只有巨人可能拿西湖来当镜子吧？

这样想来，苏格拉底的美学说是专指人造的使用而说的。自然及艺术品的美都不能用他的学说来说明，梅花与西湖都很美，而没有用途与目的，姜白石（姜夔）的《暗香》与《疏影》为咏梅的有名的词，但词有什么用途与目的？苏格拉底的话，很有缺陷呢！

苏格拉底的弟子柏拉图，也是思想很好的美学者，他想补足先生的缺陷，说"美是给我们快感的"这话的确不错，我们站在梅花前面，看到梅花的名画，读到《暗香》、《疏影》，的确发生一种快感，在开篇处我早已说过了。

然而仔细想一想，这话也未必尽然，有快感的东西不一定是美的。例如夏天吃冰淇淋，冬天捧热水袋，都有快感，然而吃冰淇淋与捧热水袋不能说是美的。肴馔入口时很有快感，然厨司不能说是美学家。罗马的享乐主义者们中，原有重视肴馔的人，说肴馔是比绘画音乐更美的艺术。但这是我们所不能首肯的话，或罗马的亡国奴的话。照柏拉图的话做去，我们将与罗马的亡国奴一样了。柏拉图自己蔑视肴馔，这样说来，绘画音乐雕刻等一切诉于感觉的美术，均不足取了（因为柏拉图是一个轻视肉体而贵重灵魂的哲学家，肴馔是养肉体的，所以被蔑视）。故柏拉图的学说，仍不免有很大的缺陷。

　　于是柏拉图的弟子亚理斯多德,再来修补先生的学说的缺陷。但他对于美没有议论,只有对于艺术的学说。他说"艺术贵乎逼真"。这也的确是卓见。诸位上图画课时,不是尽力在要求画得像吗?小孩子看见梅花,画五个圈,我们看见的都赞道:"画的很好。"因为很像梅花,所以很好。照亚理斯多德的话来说,艺术贵乎自然的模仿,凡肖似实物的都是美好的。这叫做"自然模仿说",在古来的艺术论中很有势力,到今日还不失为艺术论的中心。

　　然而仔细一想,这一说也不是健全的,倘艺术贵乎自然模仿,凡肖似实物的都是美的,那么,照相是最高的艺术,照相师是最伟大的美术家了。用照相照出来的景物,比用手画出来的景物逼真得多,则照相应该比绘画更贵了。然而照相终是照相,近来虽有进步的美术照相,但严格地说来,美术照相,只能算是摄制的艺术,不能视为纯正的艺术。理由很长;简言之:因为照相中缺乏人的心的活动,故不能称为正格的艺术。画家所画的梅花,是舍弃梅花的不美的点,而仅取其美的点,又助长其美,而表现在纸上的。换言之,画中的梅花是理想化的梅花。画中可以行理想化,而照相中不能。模仿与理想化——此二者为艺术成立的最大条件。亚理斯多德的话,偏重了模仿而疏忽了理想化,所以也不是健全的学说。

以上所说,是古代最著名的三家的美学说。

近代的思想家,对于美有什么新意见呢?德国有真善美合一说及美的独立说;二说正相反对。略述如下:

近代德国美学家包姆加敦(鲍姆加登)(Baumgarten,1714—1762)说:"圆满之物诉于我们的感觉的时候,我们感到美。"这句话道理很复杂了。所谓圆满,必定有种种的要素。例如梅花,仅五个圆圈,不能称为圆满。必有许多花,又有蕊,有枝,有干,或有盆。总之,不是单纯而是复杂的。但一味复杂而没有秩序,例如在纸上乱描了几百个圆圈,又不能称为圆满,不称为画。必须讲究布置,还有统一,方可称为圆满。故换言之,圆满就是"复杂的统一"。做人也是如此的:无论何等善良的人,倘过于率直或过于曲折,绝不能有圆满的人格。必须有丰富的知识与感情,而又有统一的见解的人,方能具有圆满的人格。我们用意志来力求这圆满,就是"善";用理知来认识这圆满，就是"真"；用感情来感到这圆满，就是"美"。故真、善、美，是同一物。不过或诉于意志，或诉于理知，或诉于感情而已。——这叫做真善美合一说。

反之，德国还有温克尔曼（Winckelmann，1717—1768）和雷讯（莱辛）（Lessing，1729—1781）两人，完全反对鲍姆加登，说美是独立的。他们说："美与真善不同，美全是美，除美以外无他物。"

但近代美学上最重要的学说，是"客观说"与"主观说"的二反对说，前者说美在于（客观的）外物的梅花上，后者说美在于（主观的）看梅花的人的心中。这种问题的探究，很有趣味，现在略述之下：

美的客观说，始创于英国。英国画家霍格斯（贺加斯）（Hogarth，1697—1764）说："物的形状，由种种线造成，现有直线与曲线。曲线比直线更美。"现今研究裸体画的人，有"曲线美"之说。这话便是霍格斯所倡用的。霍格斯说："曲线所成的物，一定美观。故美全在于事物中。"倘问他："梅花为什么是美的？"他一定回答："因为它有很好的曲线。"

美的客观说的提倡者很多。就中有的学者，曾制定美的具体的五条件，说法更为有趣。今略为申说之：

第一，形状小的——美的事物，大抵其形状是小的。女人比男人，身体大概较小。故女人大概比男人为美。英语称女性为fair sex即"美性"。中国文学中描写美人多用小字，例如"娇小"、"生小"，称女子为"小姊"、"小鬟"，女子的名字也多用"小红"、"小苹"等。因为小的大都可爱。孩子们喜欢洋囝囝，大人们喜欢宝石、象牙细工，大半是因其小而可爱的原故。我们看了梅花觉得美，也半是为了梅花形小的原故。假如有像伞一般大的梅花，我们见了一定只觉得可惊，不感到美。我们看见婴孩，总觉得可爱。但假如婴孩同白象一样大，我们就觉得可怕了。

第二，表面光滑的——美的事物，大概表面光滑。这也可先用美人来证明。美人的第一要件是肌肤的光泽，故诗词中有"玉体"、"玉肌"、"玉女"等语。我们所以爱玉，爱宝，爱大理石，爱水晶，也是爱它们的光滑。爱云，爱雪，爱水，也是为了洁净无瑕的原故。化妆品——雪花膏、生发油、蜜，大都是以肤发光滑为目的的。

第三，轮廓为曲线的——这与霍格斯所说相同。曲线大概比直线为可爱。试拿一个圆的玩具和一个方的玩具同时给小孩子看，请他选择一件，他一定取圆的。人的颜面，直线多而棱角显然，不及曲线多而带圆味的好看。矗立的东洋建筑，上端加一圆的dome（圆屋顶），比平顶的好看得多。西湖的山多曲线，故优美。云与森林的美，大半在于其周围的曲线，美人的脸必由曲线组成，下端圆肥而膨大的所谓"瓜子脸"，有丰满之感，上端膨大而下端尖削的倒瓜子脸，有清秀之感，孩子的脸中倘有了直线，这孩子一定不可爱。

第四，纤弱的——纤弱与小相类似，可爱的东西，大概是弱的。例如鸟、白兔、猫，大都是弱小的。在人中，女子比男子弱，小孩比大人弱。弱了反而可爱。

第五，色彩明而柔的——色彩的明，换言之，就是白的，淡的。谚云"白色隐七难"；故女子都喜欢擦粉。色的柔，就是明与暗的程度相差不可过多。由明渐渐地暗，或由暗渐渐地明。称为"柔的调子"。柔的调子大都是美的。物体受着过强的光，或过于接近光源，其明暗判然，即生刚调子。刚调子不及柔调子的美观。窗上用窗帷，电灯泡用毛玻璃，便是欲减弱光的强度，使光匀和，在室中的人物上映成柔和的调子。太阳下的女子罩着薄绢的彩伞，脸上的光线异常柔美。

我们倘问这班学者："梅花为什么是美的？"他们一定回答："梅花形小，瓣光泽，由曲线包成，纤弱，色又明柔，故美。"这叫做"美的客观说"。这的确有充实的理由。

反之，美的主观说，始倡于德国。康德（Kant，1724—1804）便是其大将。据康德的意见，美不在于物的性质，而在于自己的心的如何感受。这话也很有道理：人们都觉得自己的子女可爱，故有语云："癞痢头儿子自己的好。"人们都觉得自己的恋人可爱，故有语云："情人眼里出西施。"在这句话中，含有很深的真理。法兰西的诗人波独雷尔（波德莱尔）（Baudelaire）有一首诗，诗中描写自己死后，尸骸上生出蛆虫来，其蛆虫非常美丽。可知心之所爱，蛆虫也会美起来。我们站在梅花前面而感到梅花的美，并非梅花的

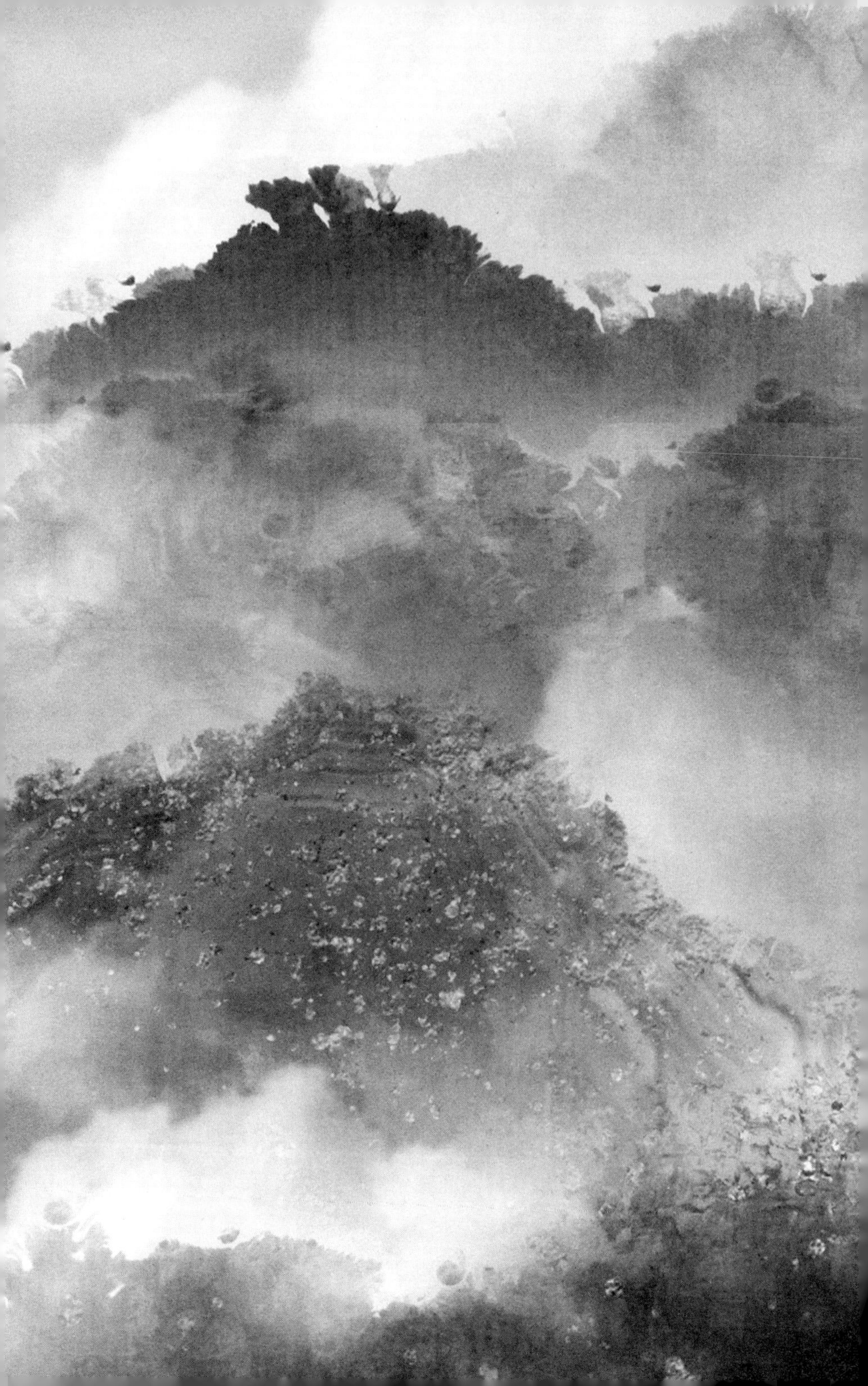

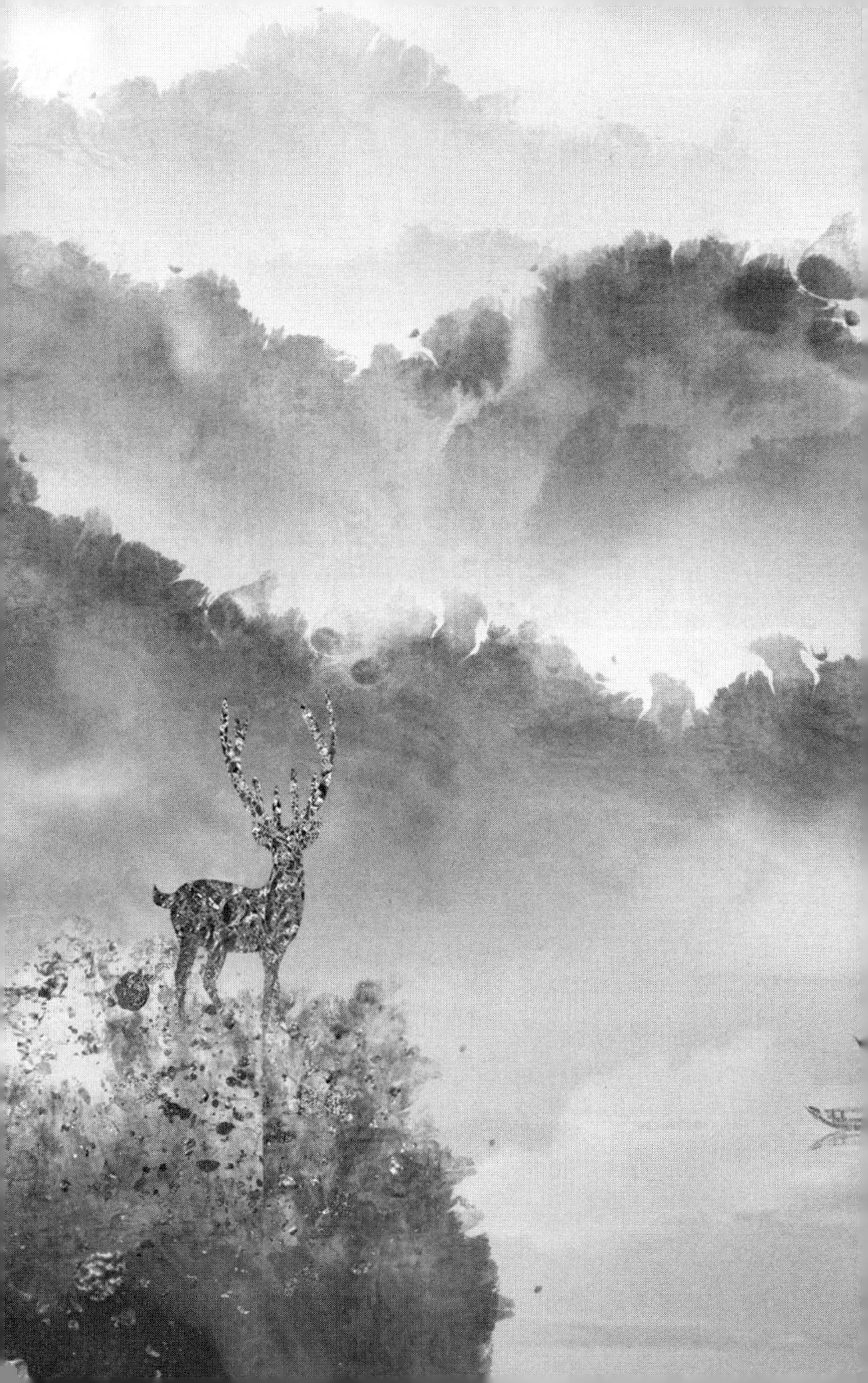

美,正是因为我们怀着欣赏的心的原故。作《暗香》、《疏影》的姜白石站在梅花前面,其所见的美一定比我们更多。计算梅花有几个瓣与几个蕊的博物学者,对梅花全不感到其美。挑了盆梅而在街上求售的卖花人,只觉得重的担负。

感到美的时候,我们的心情如何?极简要地说来,即需舍弃理智的念头而仅用感情来迎受。美是要用感情来感到的。博物先生用理知之念,而对梅花,卖花人用了功利之念而对梅花,故均不能感到其美。故美的主观说,是不许人们想起物的用途与目的的。这与前述的苏格拉底的实用说恰好相反,但这当然是比希腊时代更进步的思想。

康德这学说,名为"无关心说"("disinterestedness")。无关心,就是说美的创作或鉴赏的时候不可想起物的实用的方面,描盆景时不可专想吃苹果,看展览会时不可专想买画,而用欣赏与感叹的态度,把自己的心没入在对象中。

以上所述的客观说与主观说,是近代美学上最重要的二反对说。每说各有其根据。禅家有"幡动,心动"的话,即看见风吹幡动的时候,一人说是幡动,又一人说是心动。又有"钟鸣,撞木鸣"的话,即敲钟的时候,或可说钟在发音，或可说是撞木在发音。究竟是幡动抑心动？钟鸣抑撞木鸣？照我们的常识想来，两者不可分离，不能偏说一边，这是与"鸡生卵，卵生鸡"一样的难问题。应该说："幡与心共动，钟与撞木共鸣。"这就是德国的席勒尔（席勒）（Schiller，1759—1805）的"美的主观融合说"。

融合说的意见：梅花原是美的，但倘没有能领略这美的心，就不能感到其美。反之，颇有领略美感的心，而所对的不是梅花而是一堆鸟粪，也就不能感到美。故美不能仅用主观或仅用客观感得。二者同时共动，美感方始成立。这是最充分圆满的学说，世间赞同的人很多。席勒尔以后的德国学者，例如海格尔（黑格尔）（Hegel），叔本华（Schopenhauer），哈特曼（Hartmann）等，都是信从这融合说的。

以上把古来关于美的最著名的学说大约说过了，但这不过是美的外部的情状，而不是美本身的滋味，美的滋味在口上与笔上绝不能说出，只得由个人自己去实地感受了。

一九二九年岁暮，《中学生》"美术讲话"。

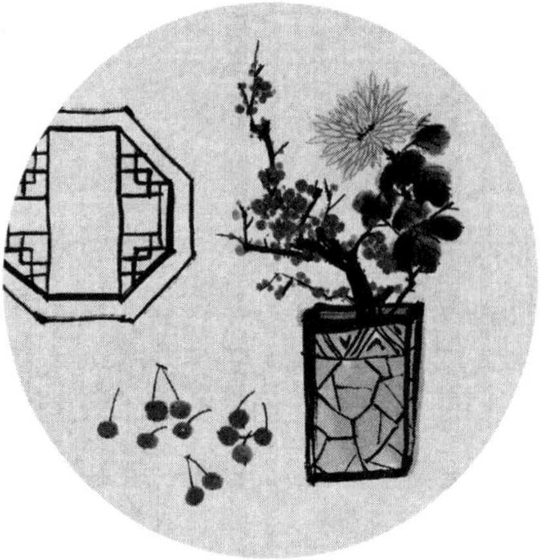

无言之美

（文 / 朱光潜）

孔子有一天突然很高兴地对他的学生说："予欲无言。"子贡就接着问他："子如不言，则小子何述焉了。"孔子说："天何言哉？四时行焉，百物生焉。天何言哉？"

这段赞美无言的话，本来从教育方面着想。但是要明了无言的意蕴，宜从美术观点去研究。

言所以达意，然而意决不是完全可以言达的。因为言是固定的，有迹象的；意是瞬息万变，飘渺无踪的。言是散碎的，意是混整的。言是有限的，意是无限的。以言达意，好像用断续的虚线画实物，只能得其近似。

所谓文学，就是以言达意的一种美术。在文学作品中，语言之先的意象，和情绪意旨所附丽的语言，都要尽美尽善，才能引起美感。

尽美尽善的条件很多。但是第一要不违背美术的基本原理，要"和自然逼真"（true to nature）：这句话讲得通俗一点，就是说美术作品不能说谎。不说谎包含有两种意义：

一、我们所说的话，就恰似我们所想说的话。二、我们所想说的话，我们都吐肚子说出来了，毫无余蕴。

意既不可以完全达之以言，"和自然逼真"一个条件在文学上不是做不到么？或者我们问得再直截一点，假使语言文字能够完全传达情意，假使笔之于书的和存之于心的铢两悉称，丝毫不爽，这是不是文学上所应希求的一件事了？

这个问题是了解文学及其他美术所必须回答的。现在我们姑且答道：文字语言固然不能全部传达情绪意旨，假使能够，也并非文学所应希求的。一切美术作品也都是这样，尽量表现，非惟不能，而也不必。

先从事实下手研究。譬如有一个荒村或任何物体，摄影家把它照一幅相，美术家把它画一幅画。这种相片和图画可以从两个观点去比较：第一，相片或图画，哪一个较"和自然逼真"？不消说得，在同一视阈以内的东西，相片都可以包罗尽致，并且体积比例和实物都两两相称，不会有丝毫错误。图画就不然；美术家对一种境遇，未表现之先，先加一番选择。选择定的材料还须经过一番理想化，把美术家的人格参加进去，然后表现出来。所表现的只是实物一部分，就连这一部分也不必和实物完全一致。所以图画决不能如相片一样"和自然逼真"。第二，我们再问，相片和图画所引起的美感哪一个浓厚，所发生的印象哪一个深刻，这也不消说，稍有美术口胃的人都觉得图画比相片美得多。

　　文学作品也是同样。譬如《论语》，"子在川上曰：'逝者如斯夫，不舍昼夜！'"几句话决没完全描写出孔子说这番话时候的心境，而"如斯夫"三字更笼统，没有把当时的流水形容尽致。如果说详细一点，孔子也许这样说："河水滚滚地流去，日夜都是这样，没有一刻停止。世界上一切事物不都像这流水时常变化不尽么？过去的事物不就永远过去决不回头么？我看见这流水心中好不惨伤呀！……"但是纵使这样说去，还没有尽意。而比较起来，"逝者如斯夫，不舍昼夜！"九个字比这段长而臭的演义就值得玩味多了！在上等文学作品中，尤其在诗词中这种言不尽意的例子处处都可以看见。譬如陶渊明的《时运》，"有风自南，翼彼新苗"；《读〈山海经〉》，"微雨从东来，好风与之俱"；本来没有表现出诗人的情绪，然而玩味起来，自觉有一种闲情逸致，令人心旷神怡。钱起的《省试湘灵鼓瑟》末二句，"曲终人不见，江上数峰青"，也没有说出诗人的心绪，然而一种凄凉惜别的神情自然流露于言语之外。此外像陈子昂的《幽州台怀古》，"前不见古人，后不见来者，念天地之悠悠，独怆然而涕下！"李白的《怨情》，"美人卷珠帘，深坐颦蛾眉。但见泪痕湿，不知心恨谁。"虽然说明了诗人的情感，而所说出来的多么简单，所含蓄的多么深远？再就写景说，无论何种境遇，要描写得惟妙惟肖，都要费许多笔墨。但是大手笔只选择两三件事轻描淡写一下，完全境遇便呈露眼前，栩栩如生。譬如陶渊明的《归园田居》，"方宅十余亩，草屋八九间。榆柳荫后檐，桃李罗堂前。暧暧远人村，依依墟里烟。狗吠深巷中，鸡鸣桑树颠。"四十字把乡村风景描写多么真切！再如杜工部的《后出塞》，"落日照大地，马鸣风萧萧。平沙列万幕，部伍各见招。中天悬明月，令严夜寂寥。悲茄数声动，壮士惨不骄。"寥寥几句话，把月夜沙场状况写得多么有声有色，然而仔细观察起来，乡村景物还有多少为陶渊明所未提及，战地情况还有多少为杜工部所未提及。从此可知文学上我们并不以尽量表现为难能可贵。

在音乐里面，我们也有这种感想，凡是唱歌奏乐，音调由洪壮急促而变到低微以至于无声的时候，我们精神上就有一种沉默肃穆和平愉快的景象。白香山在《琵琶行》里形容琵琶声音暂时停顿的情况说,"冰泉冷涩弦凝绝,凝绝不通声暂歇。别有幽愁暗恨生,此时无声胜有声。"这就是形容音乐上无言之美的滋味。著名英国诗人济慈(Keats)在《希腊花瓶歌》也说,"听得见的声调固然幽美,听不见的声调尤其幽美"(Heard melodies are sweet, but those unheard are sweeter),也是说同样道理。大概喜欢音乐的人都尝过此中滋味。

就戏剧说,无言之美更容易看出。许多作品往往在热闹场中动作快到极重要的一点时,忽然万籁俱寂,现出一种沉默神秘的景象。梅特林克(Maeterlinck)的作品就是好例。譬如《青鸟》的布景,择夜阑人静的时候,使重要角色睡得很长久,就是利用无言之美的道理。梅氏并且说:"口开则灵魂之门闭,口闭则灵魂之门开。"赞无言之美的话不能比此更透辟了。莎士比亚的名著《哈姆雷特》一剧开幕便描写更夫守夜的状况,德林瓦特(Drinkwater)在其《林肯》中描写林肯在南北战争军事傍午的时候跪着默祷,王尔德(O.Wilde)的《温德梅尔夫人的扇子》里面描写温德梅尔夫人私奔在她的情人寓所等候的状况,都在兴酣局紧,心悬悬渴望结局时,放出沉默神秘的色彩,都足以证明无言之美的。近代又有一种哑剧和静的布景，或只有动作而无言语，或连动作也没有，就将靠无言之美引人入胜了。

雕刻塑像本来是无言的，也可以拿来说明无言之美。所谓无言，不一定指不说话，是注重在含蓄不露。雕刻以静体传神，有些是流露的，有些是含蓄的。这种分别在眼睛上尤其容易看见。中国有一句谚语说，"金刚怒目，不如菩萨低眉"，所谓怒目，便是流露；所谓低眉，便是含蓄。凡看低头闭目的神像，所生的印象往往特别深刻。最有趣的就是西洋爱神的雕刻，她们男女都是瞎了眼睛。这固然根据希腊的神话，然而实在含有美术的道理，因为爱情通常都在眉目间流露，而流露爱情的眉目是最难比拟的。所以索性雕成盲目，可以耐人寻思。当初雕刻家原不必有意为此，但这些也许是人类不用意识而自然碰的巧。

要说明雕刻上流露和含蓄的分别，希腊著名雕刻《拉奥孔》（*Laocoon*）是最好的例子。相传拉奥孔犯了大罪，天神用了一种极残酷的刑法来惩罚他，遣了一条恶蛇把他和他的两个儿子在一块绞死了。在这种极刑之下，未死之前当然有一种悲伤惨戚目不忍睹的一顷刻，而希腊雕刻家并不擒住这一顷刻来表现，他只把将达苦痛极点前一顷刻的神情雕刻出来，所以他所表现的悲哀是含蓄不露的。倘若是流露的，一定带了挣扎呼号的样子。这个雕刻，一眼看去，只觉得他们父子三人都有一种难言之恫；仔细看去，便可发见条条筋肉根根毛孔都暗示一种极苦痛的神情。德国莱辛（Lessing）的名著《拉奥孔》就根据这个雕刻，讨论美术上含蓄的道理。

以上是从各种艺术中信手拈来的几个实例。把这些个别的实例归纳在一起，我们可以得一个公例，就是：拿美术来表现思想和情感，与其尽量流露，不如稍有含蓄；与其吐肚子把一切都说出来，不如留一大部分让欣赏者自己去领会。因为在欣赏者的头脑里所生的印象和美感，有含蓄比较尽量流露的还要更加深刻。换句话说，说出来的越少，留着不说的越多，所引起的美感就越大越深越真切。

这个公例不过是许多事实的总结束。现在我们要进一步求出解释这个公例的理由。我们要问何以说得越少，引起的美感反而越深刻？何以无言之美有如许势力？

想答复这个问题，先要明白美术的使命。人类何以有美术的要求？这个问题本非一言可尽。现在我们姑且说，美术是帮助我们超现实而求安慰于理想境界的。人类的意志可向两方面发展：一是现实界，一是理想界。不过现实界有时受我们的意志支配，有时不受我们的意志支配。譬如我们想造一所房屋，这是一种意志。要达到这个意志，必费许多力气去征服现实，要开荒辟地，要造砖瓦，要架梁柱，要赚钱去请泥水匠。这些事都是人力可以办到的，都是可以用意志支配的。但是现实界凡物皆向他心下坠一条定律，就不可以用意志征服。所以意志在现实界活动，处处遇障碍，处处受限制，不能圆满地达到目的，实际上我们的意志十之八九都要受现实限制，不能自由发展。譬如谁不想有美满的家庭？谁不想住在极乐园？然而在现实界决没有所谓极乐美满的东西存在。因此我们的意志就不能不和现实发生冲突。

一般人遇到意志和现实发生冲突的时候，大半让现实征服了意志，走到悲观烦闷的路上去，以为件件事都不如人意，人生还有什么意味？所以堕落，自杀，逃空门种种的消极的解决法就乘虚而入了，不过这种消极的人生观不是解决意志和现实冲突最好的方法。因为我们人类生来不是懦弱者，而这种消极的人生观甘心让现实把意志征服了，是一种极懦弱的表示。

然则此外还有较好的解决法么？有的，就是我所谓超现实。我们处世有两种态度，人力所能做到的时候，我们竭力征服现实。人力莫可奈何的时候，我们就要暂时超脱现实，储蓄精力待将来再向他方面征服现实。超脱到哪里去呢？超脱到理想界去。现实界处处有障碍有限制，理想界是天空任鸟飞，极空阔极自由的。现实界不可以造空中楼阁，理想界是可以造空中楼阁的。现实界没有尽美尽善，理想界是有尽美尽善的。

姑取实例来说明。我们走到小城市里去，看见街道窄狭污浊，处处都是阴沟厕所，当然感觉不快，而意志立时就要表示态度。如果意志要征服这种现实哩，我们就要把这种街道房屋一律拆毁，另造宽大的马路和清洁的房屋。但是谈何容易？物质上发生种种障碍，这一层就不一定可以做到。意志在此时如何对付呢？他说：我要超脱现实，去在理想界造成理想的街道房屋来，把它表现在图画上，表现在雕刻上，表现在诗文上。于是结果有所谓美术作品。美术家成了一件作品，自己觉得有创造的大力，当然快乐已极。旁人看见这种作品，觉得它真美丽，于是也愉快起来了，这就是所谓美感。

因此美术家的生活就是超现实的生活；美术作品就是帮助我们超脱现实到理想界去求安慰的。换句话说，我们有美术的要求，就因为现实界待遇我们太刻薄，不肯让我们的

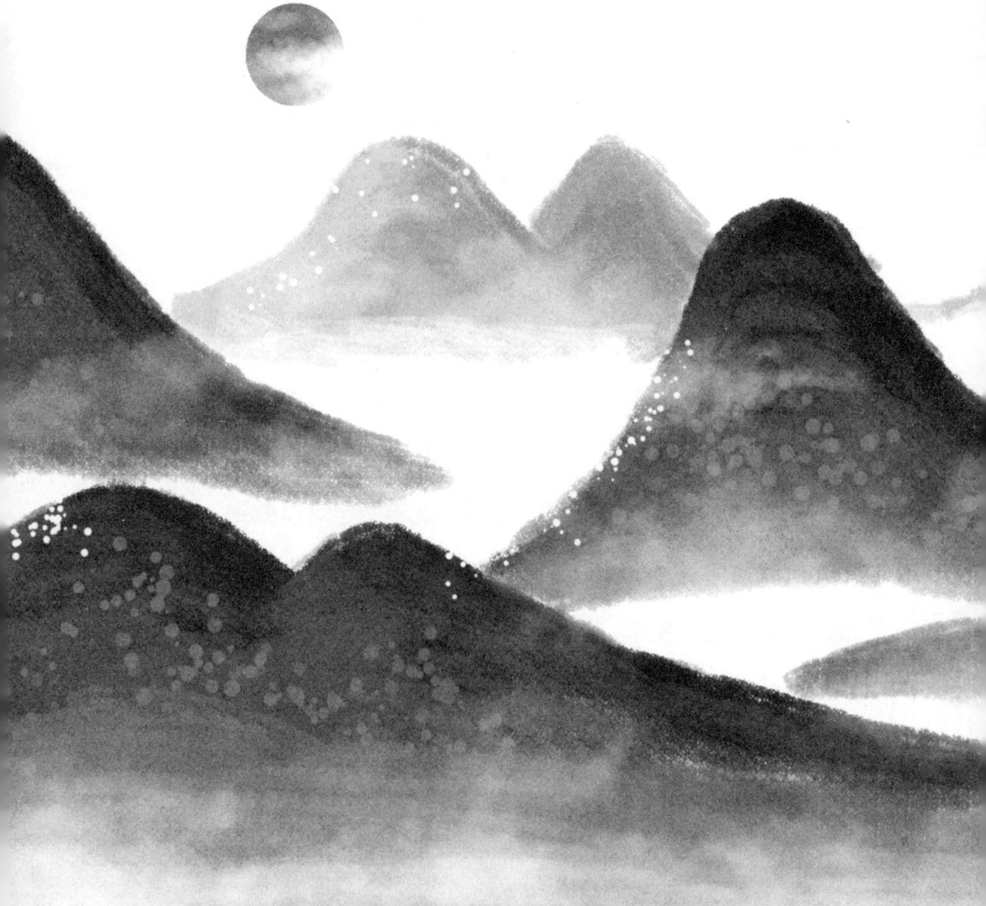

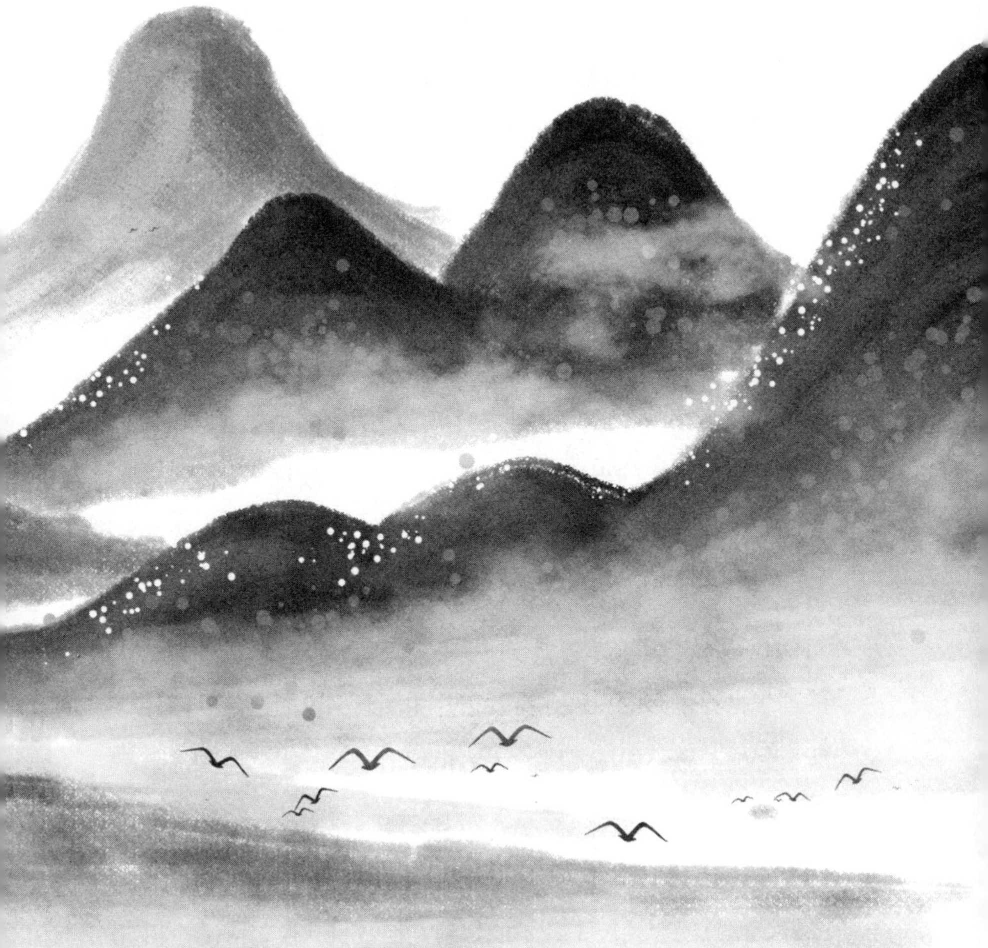

意志推行无碍，于是我们的意志就跑到理想界去求慰情的路径。美术作品之所以美，就美在它能够给我们很好的理想境界。所以我们可以说，美术作品的价值高低就看它超现实的程度大小，就看它所创造的理想世界是阔大还是窄狭。

但是美术又不是完全可以和现实界绝缘的。它所用的工具例如雕刻用的石头，图画用的颜色，诗文用的语言都是在现实界取来的。它所用的材料例如人物情状悲欢离合也是现实界的产物。所以美术可以说是以毒攻毒，利用现实的帮助以超脱现实的苦恼。上面我们说过，美术作品的价值高低要看它超脱现实的程度如何。这句话应稍加改正，我们应该说，美术作品的价值高低，就看它能否借极少量的现实界的帮助，创造极大量的理想世界出来。

在实际上说，美术作品借现实界的帮助愈少，所创造的理想世界也因而愈大。再拿相片和图画来说明。何以相片所引起的美感不如图画呢？因为相片上一形一影，件件都是真实的，而且应有尽有，发泄无遗。我们看相片，种种形影好像钉子把我们的想象力都钉死了。看到相片，好像看到二五，就只能想到一十，不能想到其他数目。换句话说，相片把事物看得忒真，没有给我们以想象余地。所以相片，只能抄写现实界，不能创造理想界。图画就不然。图画家用美术眼光，加一番选择的功夫，在一个完全境遇中选择了一小部事物，把它们又经过一番理想化，然后才表现出来。惟其留着一大部分不表现，欣赏者的想象力才有用武之地。想象作用的结果就是一个理想世界。所以图画所表现的现实世界虽极小而创造的理想世界则极大。孔子谈教育说，"举一隅不以三隅反，则不复也"。相片是把四隅通举出来了，不要你劳力去"复"。图画就只举一隅，叫欣赏者加一番想象，然后"以三隅反"。

流行语中有一句说："言有尽而意无穷"。无穷之意达之以有尽之言，所以有许多意，尽在不言中。文学之所以美，不仅在有尽之言，而尤在无穷之意。推广地说，美术作品之所以美，不是只美在已表现的一部分，尤其是美在未表现而含蓄无穷的一大部分，这就是本文所谓无言之美。

因此美术要和自然逼真一个信条应该这样解释：和自然逼真是要窥出自然的精髓所在，而表现出来；不是说要把自然当作一篇印版文字，很机械地抄写下来。

这里有一个问题会发生。假使我们欣赏美术作品，要注重在未表现而含蓄着的一部分，要超"言"而求"言外意"，各个人有各个人的见解，所得的言外意不是难免殊异么？当然，美术作品之所以美，就美在有弹性，能拉得长，能缩得短。有弹性所以不呆板。同一美术作品，你去玩味有你的趣味，我去玩味有我的趣味。譬如莎氏乐府所以在艺术上占极高位置，就因为各种阶级的人在不同的环境中都欢喜读他。有弹性所以不陈腐。同一美术作品，今天玩味有今天的趣味，明天玩味有明天的趣味。凡是经不得时代淘汰的作品都不是上乘。上乘文学作品，百读都令人不厌的。

就文学说，诗词比散文的弹性大；换句话说，诗词比散文所含的无言之美更丰富。散文是尽量流露的，愈发挥尽致，愈见其妙。诗词是要含蓄暗示，若即若离，才能引人入胜。现在一般研究文学的人都偏重散文尤其是小说。对于诗词很疏忽。这件事实可以证明一般人文学欣赏力很薄弱。现在如果要提高文学，必先提高文学欣赏力，要提高文学欣赏力，必先在诗词方面特下功夫，把鉴赏无言之美的能力养得很敏捷。因此我很希望文学创作者在诗词方面多努力，而学校国文课程中诗歌应该占一个重要的位置。

本文论无言之美，只就美术一方面着眼。其实这个道理在伦理哲学教育宗教及实际生活各方面，都不难发现。老子《道德经》开卷便说:"道可道,非常道;名可名,非常名。"这就是说伦理哲学中有无言之美。儒家谈教育,大半主张潜移默化,所以拿时雨春风做比喻。佛教及其他宗教之能深入人心,也是借沉默神秘的势力。幼稚园创造者蒙台梭利利用无言之美的办法尤其有趣。在她的幼稚园里,教师每天趁儿童玩得很热闹的时候,猛然地在粉板上写一个"静"字,或奏一声琴。全体儿童于是都跑到自己的座位去,闭着眼睛蒙着头伏案假睡的姿势,但是他们不可睡着。几分钟后,教师又用很轻微的声音,从颇远的地方呼唤各个儿童的名字。听见名字的就要立刻醒起来。这就是使儿童可以在沉默中领略无言之美。

就实际生活方面说,世间最深切的莫如男女爱情。爱情摆在肚子里面比摆在口头上来得恳切。"齐心同所愿,含意俱未伸"和"更无言语空相觑",比较"细语温存""怜我怜卿"的滋味还要更加甜蜜。英国诗人布莱克(Blake)有一首诗叫做《爱情之秘》(*Love's Secret*)里面说:

(一)

切莫告诉你的爱情,

爱情是永远不可以告诉的,

因为她像微风一样，

不做声不做气的吹着。

（二）

我曾经把我的爱情告诉而又告诉，

我把一切都披肝沥胆地告诉爱人了，

打着寒颤，耸头发地告诉，

然而她终于离我去了！

（三）

她离我去了，

不多时一个过客来了。

不做声不做气地，只微叹一声，

便把她带去了。

这首短诗描写爱情上无言之美的势力，可谓透辟已极了。本来爱情完全是一种心灵的感应，其深刻处是老子所谓不可道不可名的。所以许多诗人以为"爱情"两个字本身就太滥太寻常太乏味，不能拿来写照男女间神圣深挚的情绪。

其实何止爱情？世间有许多奥妙，人心有许多灵悟，都非言语可以传达，一经言语道破，反如甘蔗渣滓，索然无味。这个道理还可以推到宇宙人生诸问题方面去。我们所居的世界是最完美的,就因为它是最不完美的。这话表面看去,不通已极。但是实在含有至理。假如世界是完美的,人类所过的生活比好一点,是神仙的生活,比坏一点,就是猪的生活便呆板单调已极,因为倘若件件都尽美尽善了,自然没有希望发生,更没有努力奋斗的必要。人生最可乐的就是活动所生的感觉,就是奋斗成功而得的快慰。世界既完美,我们如何能尝创造成功的快慰?这个世界之所以美满,就在有缺陷,就在有希望的机会,有想象的田地。换句话说,世界有缺陷,可能性(potentiality)才大。这种可能而未能的状况就是无言之美。世间有许多奥妙,要留着不说出;世间有许多理想,也应该留着不实现。因为实现以后,跟着"我知道了!"的快慰便是"原来不过如是!"的失望。

天上的云霞有多么美丽!风涛虫鸟的声息有多么和谐!用颜色来摹绘,用金石丝竹来比拟,任何美术家也是作践天籁,糟蹋自然!无言之美何限?让我这种拙手来写照,已是糟粕枯骸!这种罪过我要完全承认的。倘若有人骂我胡言乱道,我也只好引陶渊明的诗回答他说:"此中有真意,欲辨已忘言!"

一九二四年仲冬于上虞白马湖

第二章 美在何处

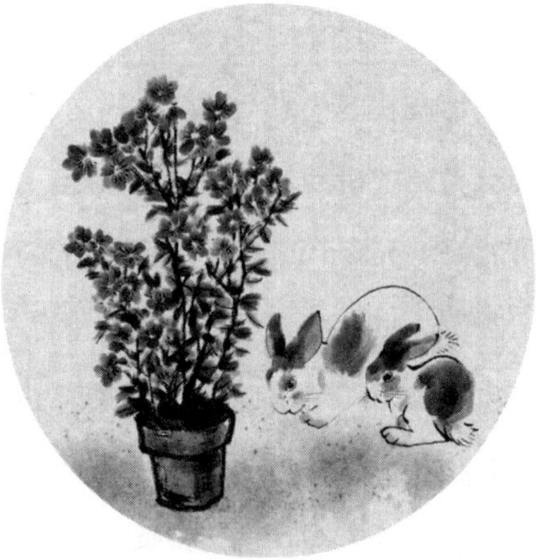

两种美[1]

（文 / 朱光潜）

自然界事事物物都是理式的象征，都是共相的殊相，像柏拉图所比拟的，都是背后堤上的行人射在面前墙壁上的幻影。科学家哲学家和美术家都想揭开自然之秘，在殊相中见出共相。但是他们的出发点不同，目的不同，因而在同一殊相中所见得的共相也不一致。

比如走进一个园子里，你抬头看见一只老鹰坐在苍劲的古松上向你瞪着雄赳赳的眼，回头又看见池边猗旎的柳枝上有一只娇滴滴的黄莺在那儿临风弄舌，这些不同的物件在你胸中所引起的情感是什么样的呢？依科学家看，松和柳同具"树"的共相，鹰和莺同具"鸟"的共相，然而在情感方面，老鹰却和古松同调，娇莺却和嫩柳同调；借用名学的术语在美术上来说，鹰和松同具一个美的共相，莺和柳又同具一个美的共相，它们所象征的全然不同。倘若莺飞上松顶，

1　原载《一般》1928年第4期。

鹰栖在柳枝，你登时就会发生不调和的感觉，虽然为变化出奇起见，这种不伦不类的配合有时也为美术家所许可的。

自然界有两种美：老鹰古松是一种，娇莺嫩柳又是一种。倘若你细心体会，凡是配用"美"字形容的事物，不属于老鹰古松的一类，就属于娇莺嫩柳的一类，否则就是两类的混和。从前人有两句六言诗说："骏马秋风冀北，杏花春雨江南。"这两句诗每句都只提起三个殊相，然而可象征一切美。你遇到任何美的事物，都可以拿它们做标准来分类。比如说峻崖，悬瀑，狂风，暴雨，沉寂的夜或是无垠的沙漠，垓下哀歌的项羽或是床头捉刀的曹操，你可以说这是"骏马秋风冀北"的美；比如说清风，皓月，暗香，疏影，青螺似的山光，媚眼似的湖水，葬花的林黛玉或是"侧帽饮水"的纳兰，你可以说这是"杏花春雨江南"的美。因为这两句诗每句都象征一种美的共相。

这两种美的共相是什么呢？定义正名向来是难事，但是形容词是容易找的。我说"骏马秋风冀北"时，你会想到"雄浑"，"劲健"，我说"杏花春雨江南"时，你会想到"秀丽"，"纤浓"；前者是"气概"，后者是"神韵"；前者是刚性美；后者是柔性美。

刚性美是动的，柔性美是静的。动如醉，静如梦。尼采在《悲剧之起源》里说艺术有两种，一种是醉的产品，音乐和跳舞是最显著的例；一种是梦的产品，一切造型的艺术如诗如雕刻都属这一类。他拿光神阿波罗和酒神狄俄倪索斯来象征这两种艺术。你看阿波罗的光辉那样热烈么？其实他的面孔比瞌睡汉还更恬静，世界一切色相得他的光才呈现，所以都是她在那儿梦出来的。诗人和雕刻家的任务也和阿波罗一样，全是在造色相，换句话说，全是在做梦。狄俄倪索斯就完全相反。他要图刹那间的尽量的欢乐。在青葱茂密的葡萄丛里，看蝶在翩翩地飞，蜂在嗡嗡地响，他不由自主的把自己投在生命的狂澜里，放着嗓子狂歌，提着足尖乱舞。他固然没有造出阿波罗所造的那些恬静幽美的幻梦，那些光怪陆离的色相，可是他的歌和天地间生气相出息，他的舞和大自然有脉搏共起落，也是发泄，也是表现，总而言之，也是人生不可少的一种艺术。在尼采看，这两种相反的美熔于一炉，才产出希腊的悲剧。

尼采所谓狄俄倪索斯的艺术是刚性的，阿波罗的艺术是柔性的，其实在同一种艺术之中也有刚柔之别。比如说音乐，贝多芬的第三合奏曲和《热情曲》固然像狂风暴雨，极沉雄悲壮之致，而《月光曲》和第六合奏曲则温柔委婉，如悲如诉，与其谓为"醉"，不如谓为"梦"了。

艺术是自然和人生的返照，创作家往往因性格的偏向，而作品也因而畸刚或畸柔。米开朗琪罗在性格上和艺术上都是刚性美的极端的代表。你看他的《摩西》！火焰有比他的目光更烈的么？钢铁有比他的须髯更硬的么？你看他的《大卫》！他那副脑里怕藏着比亚力山大的更惊心动魄的雄图吧？他那只庞大的右臂迟一会儿怕要拔起喜马拉雅山去撞碎哪一个星球吧？亚当是上帝首创的人，可是要结识世界第一个理想的伟男子，你须得到罗马西斯丁教寺的顶壁上去物色，这一幅大气磅礴的创世纪记，没有一个面孔不露着超人的意志，没有一条筋肉不鼓出海格立斯的气力。对这些原始时代的巨人，我们这些退化的侏儒只得自惭形秽，吐舌惊赞。可是凡是娘养的儿子也都不免感到一件缺憾——你看除《德尔斐仙》（Delphic Sibyl）以外，简直没有一个人像女子！你说那位是夏娃么？那位是马妥娜么？假如世界女子们都像那样犷悍，除着独身终身的米开朗琪罗以外的男子们还得把头擎低些呵！

雷阿那多·达·芬奇恰好替米开朗琪罗做一个反衬。假如"亚当"是男性美的象征，女性美的象征从"密罗斯爱神"以后，就不得不推《蒙娜·丽莎》了。那庄重中寓着妩媚的眼，那轻盈而神秘的笑，那丰润而灵活的手，艺术家们已摸索了不知几许年代，到达·芬奇才算寻出，这是多么大的一个成功！米开朗琪罗画"夏娃"和"圣母"，像他画"亚当"一样，都是用他雕"大卫"和"摩西"的那一副手腕，始终脱不去那种峥嵘巍峨的气象。达·芬奇的天才是比较的多方面的，他的世界中固然也有些魁梧奇伟的男子，可是他的特长确为佩特所说的，全在"能勾魂"（fascinating），而他所以"能勾魂"，则全在能摄取女性中最令人留恋的特质表现在幕布上。藏在日内瓦的那幅《圣约翰授洗者》活像女子化身固不用说，连藏在卢佛尔宫的那幅《酒神》也只是一位带醉的《蒙娜·丽莎》。再看《最后的晚餐》中的耶稣！他披着发，低着眉，在慈祥的面孔中现出悲哀和恻隐，而同时又毫没有失望的神采，除着抚慰病儿的慈母以外，你在哪里能寻出他的"模特儿"呢？

中国古代哲人观察宇宙似乎全都从美术家的观点出发，所以他们在万殊中所见得的共相为"阴"与"阳"。《易经》和后来讳学家把万事万物都归原到两仪四象，其所用标准，就是我们把老鹰配古松，娇莺配嫩柳所用的标准，这种观念在一般人脑里印得很深,所以历来艺术家对于刚柔两种美分得很严。在诗方面有李、杜与王、韦之别,在词方面有苏、辛与温、李之别,在画方面有石涛、八大与六如、十洲之别,在书法方面有颜、柳与褚、赵之别。这种分别常与地域有关系,大约北人偏刚,南人偏柔,所以艺术上的南北派已成为柔性派与刚性派的别名。清朝阳湖派和桐城派对于文章的争执也就在对于刚柔的嗜好不同。姚姬传《复鲁絜非书》是讨论刚柔两种美的文字中最好的一篇,他说:

> 自诸子而降,其为文无有弗偏者。其得于阳与刚之美者,则其文如霆,如电,如长风之出谷,如崇山峻崖,如决大川,如奔骐骥;其光也,如杲日,如火,如金镠铁;其于人也,如凭高视远,如君而朝万众,如鼓万勇士而战之。其得于阴与柔之美者,则其文如升初日,如清风,如云,如霞,如烟,如幽林曲涧,如沦,如漾,如珠玉之辉,如鸿鹄之鸣而入寥廓;其于人也,漻乎其如叹,邈乎其如有思,暖乎其如喜,愀乎其如悲。观其文,讽其音,则为文者之性情形状,举以殊焉。

统观全局,中国的艺术是偏于柔性美的。中国诗人的理想境界大半是清风皓月疏林幽谷之类。环境越静越好，生活也越闲越好。他们很少肯跳出那"方宅十余亩，草屋八九间"的宇宙，而凭视八荒，遥听诸星奏乐者。他们以"乐天安命"为极大智慧，随贝雅特里奇上窥华严世界，已嫌多事，至于为着毕尝人生欢娱，穷探地狱秘奥，不惜同恶魔定卖魂约，更忒不安分守己了。因此，他们的诗也大半是微风般的荡漾，轻燕般的呢喃。过激烈的颜色，过激烈的声音，和过激烈的情感都是使它们畏避的。他们描写月的时候百倍于描写日；纵使描写日，也只能烘染朝曦九照，遇着盛夏正午烈火似的太阳，可就要逃到北窗下高卧，做他的羲皇上人了。司空图《二十四诗品》中只有"雄浑"，"劲健"，"豪放"，"悲慨"四品算是刚性美，其余二十品都偏于阴柔。我读《旧约·约伯记》，莎士比亚的《哈姆雷特》，弥尔顿的《失乐园》诸作，才懂得西方批评学者所谓"宇宙的情感"（cosmic emotion）。回头在中国文学中寻实例，除着《逍遥游》，《齐物论》，《论语·子在川上》章，陈子昂《幽州台怀古》，李白《日出东方隈》诸作以外，简直想不出其他具有"宇宙的情感"的文字。西方批评学者向以sublime为最上品的刚性美，而这个字不特很难应用来说中国诗，连一个恰当的译词也不易得。"雄浑"，"劲健"，"庄严"诸词都只能得其片面的意义。中国艺术缺乏刚性美在音乐方面尤易见出，比如弹七弦琴，尽管你意在高山，意在流水，它都是一样单调。

抽象立论时，常容易把分别说得过于清楚。刚柔虽是两种相反的美，有时也可以混合调和，在实际上，老鹰有栖柳枝的时候，娇莺有栖古松的时候，也犹如男子中之有杨六郎，女子中之有麦克白夫人，西子湖滨之有两高峰，西伯利亚荒原之有明媚的贝加尔。说李太白专以雄奇擅长么？他的《闺怨》，《长相思》，《清平调》诸作之艳丽微婉，亦何减于《金筌》，《浣花》？说陶渊明专从朴茂清幽入胜么？"纵浪大化中，不喜亦不惧"，又是何等气概？西方古典主义的理想向重和谐匀称，庄严中寓纤丽，才称上乘，到浪漫派才肯畸刚畸柔，中国向来论文的人也赞扬"柔亦不茹，刚亦不吐"，所以姚姬传说，"唯圣人之言统二气之会而弗偏"。比如书法，汉魏六朝人的最上作品如《夏承碑》，《瘗鹤铭》，《石门铭》诸碑，都能气势中寓姿韵，亦雄浑，亦秀逸，后来偏刚者为柳公权之脱皮露骨，偏柔者如赵孟𫖯之弄态作媚，已渐流入下乘了。

第三章　美之大观

所谓"安慰感情，陶冶精神，修养人格"等等，不是一张空头支票，保存得好，将来可以兑现。

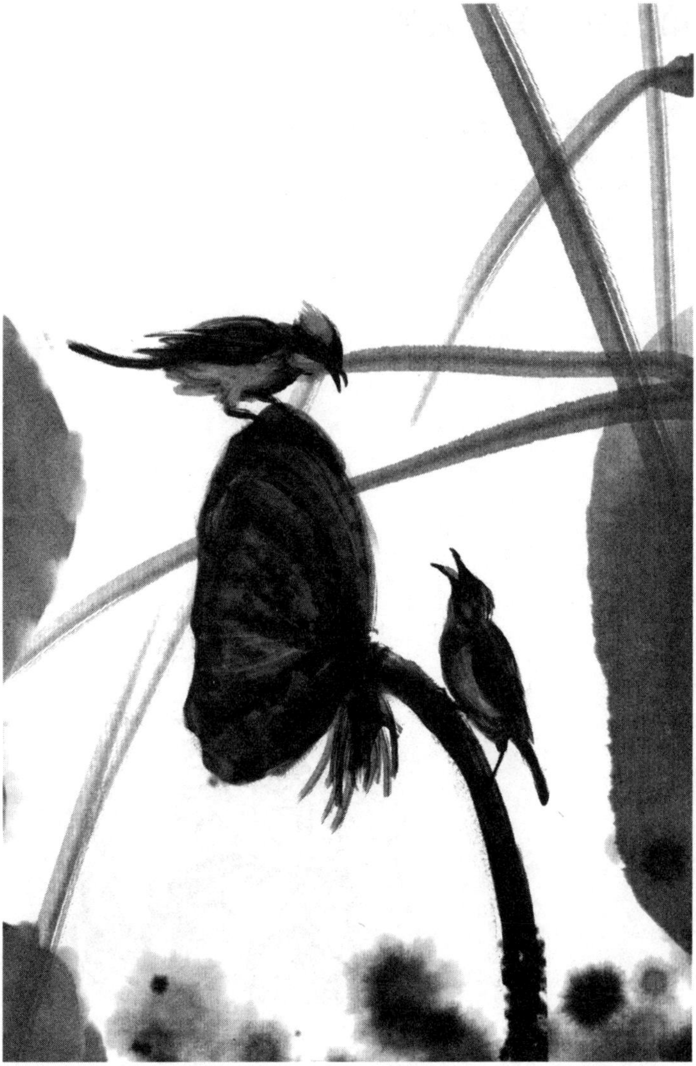

山水及自然景物的欣赏

（文 / 郁达夫）

自从亚里士多德的文学模仿论创定以来，以为诗的起源是根据于模仿本能的学说，到现在还没有绝迹；论客的富有独断性者，甚至于说出"所有的艺术，都是自然的模仿；模仿得像一点，作品就伟大一点，文学是如此，绘画亦如此，推而至于音乐，舞蹈，也无一不如此"等话来。这句话，虽则说得太独断，太笼统；但反过来说，自然景物以及山水，对于人生，对于艺术，都有绝大的影响，绝大的威力，却是一件千真万确的事情；所以欣赏山水以及自然景物的心情，就是欣赏艺术与人生的心情。

无论是一篇小说，一首诗，或一张画，里面总多少含有些自然的分子在那里；因为人就是上帝所造的物事之一，就是自然的一部分，决不能够离开自然而独立的。所以欣赏自然，欣赏山水，就是人与万物调和，人与宇宙合一的一种谐合作用，照亚里士多德的说法，就是诗的起源的另一个原因，喜欢调和的本能的发露。

自然的变化，实在多而且奇，没有准备的欣赏者，对于他的美点也许会捉摸不完全的；就单说一个天体罢，早晨的日出，中午的晴空，傍晚的日落，都是最美也没有的景象；若再配上以云和影的交替，海与山的参错，以及一切由人造的建筑园艺，或种植畜牧的产物，如稻麦、牛羊、飞鸟、家畜之类，则仅在一日之中，就有万千新奇的变化，更不必去说暗夜的群星，月明的普照，或风、雷、雨、雪的突变，与四季寒暖的更迭了。

我们人类，大家都有一种特性，就是喜新厌旧，每想变更的那一种怪习惯；不问是一个绝色的美人，你若与她日日相对，就要觉得厌腻，所以俗语里有"家花不及野花香"的一句；或者是一碗最珍贵最可口的菜，你若每日吃着，到了后来，也觉得宁愿去换一碗粗肴淡菜来下饭；唯有对于自然，就决不会发生这一种感觉，太阳自东方出来，西方下去，日日如此，年年如此，我们可没有听见说有厌看白天晚上的一定轮流而去自杀的人。还有月亮哩，也是只在那么循行，自有地球有人类以来的一套老调，初一出，月半圆，月底全没有，而无论哪一处的无论哪一个人，看了月亮，总没有不喜欢的，当然瞎子又当别论了。自然的伟大，自然的与人类有不可须臾离的关系，就此一点也可以看出来了，这就是欣赏自然景物的人类的天性。

欣赏自然景物的本能，是大家都有的；不过有些人忙于衣食，不便沉酣于大自然的美景，有些人习以为常了，虽在欣赏，也没有欣赏的自觉，因而使一般崇拜自然美的人，得自命为雅士，以为自然景物，就只为了他们少数人而存在的。更有些人，将自然范围限制得很小，以为能如此这般的欣赏，自然景物，就尽在他们的囊中了。下边的四首歌曲和一张节目，就是这些雅士们的欣赏自然的极致，我们虽则不能事事学他们，但从小处也可以见大，倒未始不是另一种欣赏自然景物的规范。

这些原也不免有点过于自命风雅，弄趣成俗之嫌；可是对于有些天良丧尽、人性全无的衣冠禽兽，倒也可以给他们一个警告，教他们不要忘掉自然。我从前在北平的时候，就有一位同事，是专门学法律的人，他平时只晓得钻门路，积私财，以升官发财为惟一的人生乐趣，你若约他上中央公园去喝一碗茶，或上西山去行半日乐，他就说这是浪漫的行径，不是学者所应有的态度。现在他居然位至极品，财积到了几百万了，但闻他惟一娱乐，还是出外则装学者的假面，回家则翻存在英国银行里的存折，对于自然，对于山水，非但不晓得欣赏，并且还是视若仇敌似的。对于这一种利欲熏心的人，我以为对症的良药，就只有一服山水自然的清凉散，到这里，前面所开的那两个节目，倒真合用了；因为山水、自然，是可以使人性发现，使名利心减淡，使人格净化的陶冶工具。我想中国贪官污吏的辈出，以及一切政治施设都弄不好的原因，一大半也许是在于为政者的昧了良心，忽略了自然之所致。

自然景物所包含的方面，原是极博大、极广阔的；像上面所说的天地岁时、社会人事，静而观之，无一不是自然，无一不可以资欣赏，但这却非要悠闲自得，像朱夫子那样的道学先生才办得到；至于我们这种庸人，要想得到些自然的美感，第一，还是上山水佳处去寻生活，较为直截了当；古今来，闲人达士的游山玩水的习惯的不易除去，甚至于有渴慕烟霞成痼疾的原因，大约总也就在这里。

大抵山水佳处，总是自然景物的美点发挥得最完美，最深刻的地方。孔夫子到了川上，就觉悟到了他的栖栖一代，猎官求仕之非；太史公游览了名山大川，然后才死心塌地，去发愤而著书。可知我们平时所感受不到的自然的威力，到了山高水长的风景聚处，就会得同电光石火一样，闪耀到我们的性灵上来；古人的讲学读书，以及修真求道的必须要入深山傍大水去结庐的理由，想来也就在想利用这一点山水所给与人的自然的威力。

我曾经到过日本的濑户内海去旅行，月夜行舟，四面的青葱欲滴，当时我就只想在四国的海岸做一个半渔半读的乡下农民；依船楼而四望，真觉得物我两忘，生死全空了。后来也登过东海的崂山，上过安徽的黄山，更在天台雁荡之间，逗留过一段时期，每到一处，总没有一次不感到人类的渺小，天地的悠久的；而对于自然的伟大，物欲的无聊之念，也特别的到了高山大水之间，感觉得最切。所以要想欣赏自然的人，我想第一着还是先上山水优秀的地方去训练耳目，最为适当。

从前有一个赞美英国19世纪的那位美术批评家拉斯肯的人说，他在没有读过拉斯肯以前，对于绘画，对于蒙勃兰高峰的积雪晴云，对于威尼斯，弗露兰斯的壁画殿堂，犹如瞎子，读了之后，眼就开了。这话对于高深的艺术品的欣赏，或者是真的，但对于自然美，尤其是山水美的感受，我想也未必尽然。粗枝大略的想欣赏自然，欣赏山水，不必要有学识、有鉴赏力的人才办得到的；乡下愚夫愚妇的千里进香，都市里寄住的小市民的窗槛栽花，都是欣赏自然的心情的一丝表白。我们只教天良不泯，本性尚存，则但凭我们的直觉，也就尽够做一个自然景物与高山大水的初步欣赏者了。

音乐之用

（文 / 丰子恺）

学校的一切课业中，音乐似乎最没有用。即使说得它有用，例如安慰感情，陶冶精神，修养人格等，其用也似乎最空洞。所以有许多学校中，除音乐教师而外，大都看轻音乐，比图画尤其看轻。甚至连音乐教师也看轻音乐，敷衍塞责地教他的功课。

这是因为向来讲音乐的效果，总是讲它的空洞的方面，而不讲实用的方面。所以大家不肯起劲。这好比劝人念南无阿弥陀佛十遍百遍或千遍可获现世十种功德，人皆不相信。又好比只开支票，不给现洋，人皆不欢迎。

《中学生》杂志创刊以来，好像没有谈过音乐（我没有查旧账，只凭记忆，也许记错了。但即使有，一定甚少）？现在我来谈谈。一切空洞的话都不讲，从音乐的实用谈起。

听说，日本九州有一个大机械工厂，厂里雇用着大群的女工。每天夜班做工的时候，女工们必齐声唱歌。一面唱歌，一面工作，工率会增高，出产额比别厂大得多。但夜工的时间很长，齐唱的声音又大，妨碍了工厂邻近的人们的安睡，邻人们抗议无效，便提出公诉。诉讼的结果，工厂方面负了，只得取消唱歌。取消之后，女工们的工率大为减低，工厂的生产大受影响，云云。

听说，美国有一种习字用的蓄音机唱片，其音乐的旋律与节奏，恰符合着写英字时的手的运动。小学生练习书法时，一面听蓄音机，一面写字，其工作又省力，又迅速，又成绩良好。这等方法是由种田歌，采茶歌，摇船歌，纺纱歌等加以科学的改进而来的。又可说是扛抬重物的劳动者所叫的"杭育杭育"，或建筑工人打桩时的歌声的展进。我乡（恐怕我国到处皆然）有一种人，认为打桩的歌声中有鬼神。打桩的地方，经过的人必趋避，小孩尤不宜看。据说工人们打桩时，若把路过的人的名字或形容唱入歌中，桩便容易打进，同时被唱入歌中的人必然倒霉，要生大病，变成残废，甚或死去。因为那人的灵魂随了这桩木而被千钧之力的打击，必然重伤或致命。而且，归咎于看打桩的瞎子、跛子、驼子或歪嘴，亦常有所见闻。但是，我每次经过打桩的地方，定要立定了脚倾听。他们不知在唱些什么歌曲？一人提头唱出，众人齐声附和。其旋律有时像咏叹调，有时像宣叙调；其节奏有时从容浩大，有时急速短促；其歌词则除"杭育"以外都听不清楚，不知道在念些什么？据邻家的三娘娘说，是在念过路人的姓名，服装或状貌，所以这种声音很可怕。但我并不觉得可怕，只觉得很自然，很伟大，很严肃。因为我看他们的样子，不是用气力来唱歌，而是用唱歌唤出气力来作工。所以其唱歌毫不勉强，非常自然。又看他们的工作，用人力把数丈长的大木头打进地壳里去，何等伟大而严肃！所以他们的歌声，有时像哀诉，呐喊，有时像救火，救命，有时像冲锋杀敌，阴风惨惨，杀气腾腾的。这种唱歌在工作上万万不能缺少。你们几曾见过默默地打桩的工人？假如有之，其桩一定打不进，或者其人都要吐血。音乐之用，没有比这更切实的了。那机械工厂的利用唱歌，和习字蓄音片〔唱片〕的制造，显然是从这里学得的。

　　听说，音乐又可以作治病的良药。大哲学家尼采曾经服这药而得灵验，有他自己的信为证。千八百八十一年十一月，尼采旅居意大利，偶在一处小剧场中听到法国音乐家比才（Georges Bizet, 1838—1875）的杰作歌剧《卡尔门》〔《卡门》〕（Carmen，这歌剧现在已非常普遍流行于世间，电影中已制片，各乐器都有这剧的音乐，开明书店的

《口琴吹奏法》里也有《卡尔门》的口琴曲），被它的音乐所感动，热烈地爱好它。第二次开演时，尼采正在生病，扶病往听，听了之后病便霍然若失。次日写信给他的友人说："我近来患病，昨夜听了比才的杰作，病竟全愈了，我感谢这音乐！"（事见小泉洽著《音乐美学诸相》所载。）倘有人开一所卖"音乐"药的药房，这封大哲学家的信大可以拿去登在报章杂志上，作个广告。

又据日本音乐论者田边尚雄的报告，用音乐治病的例很多：十九世纪初，法国有一位名医名叫裘伯尔的，常用音乐治病。这医生会唱种种的歌，好像备有种种的药一般。病人求治，不给药，但唱歌给他听，或用clarinet［单簧管］（喇叭类乐器）吹奏极锐音的乐曲给他听。每日数回，饭前饭后，或睡前，其病数日便愈。又听说，怀娥铃［小提琴］（violin）治病是最好的良药。二百年前，法国每年盛行的Carnaval（谢肉祭［狂欢节］）中，有人以热狂舞蹈而罹病者，用怀娥铃演奏乐曲给他听，催他入睡，醒来病便没有了。野蛮人中用音乐治病的实例更多：美洲可伦比亚河（哥伦比亚河）岸的野蛮人，凡遇生病，不服药，但请一老巫女来旁大声唱歌，又令十五六青年手持木板打拍子舞蹈而和唱。病轻的唱一回已够，病重的唱数回便愈。

又据非洲漫游者的报告，奴皮亚地方的人把病者施以美丽的服饰，拥置高台上，台下许多青年唱歌舞蹈，其病就会痊愈。又美洲印第安人的医生，都装扮得很美丽，且解歌舞，好像我们这里的优伶一般。这种话好像荒诞而属于迷信；但我看到我家的李家大妈的领孩子，确信它们并不荒诞，并非迷信。这种音乐治病法，是由李家大妈的唱歌展进而来。我家有一个小孩子，不时要吵，要哭，要跌交，要肚痛。她娘也管她不了，只有李家大妈能克制她。其克制之法，就是唱歌。逢到她吵了，哭了，她抱着用手拍几下，唱歌给她听，她便不吵，不哭了。逢到她跌交了，或肚痛了，蒙了不白之冤似地大声号哭，也只要李家大妈一到，抱着按摩一下，唱几支歌，孩子便会入睡，醒来时病苦霍然若失了。这并非偶然，唱歌的确可以催眠，音乐中不是有"眠儿歌"这一种乐曲的么？由此展进，也许可以有"醒睡歌"，"消食歌"，以至"镇痛歌"，"解毒歌"，"消痰止渴歌"，"养血愈风歌"等。也许那位法国的名医会唱这种歌，秘方不传，所以世间没有人知道。

听说，音乐又可以使人延年益寿。有许多长寿的音乐大家为证：法国名歌剧家奥裴尔［奥柏］（Daniel Auber，1782—1871）享年八十九岁。意大利的名歌剧家侃尔皮尼［凯鲁比尼］（Luigi Cherubini，1760—1842）享年八十二岁。同国还有一位歌剧家洛西尼［罗西尼］（Gioacchino Rossini，1792—1868）享年七十六岁。大名鼎鼎的乐圣法国人罕顿［海顿］（Joseph Haydn，1732—1809）享年七十七岁。德国怀娥铃作曲家史布尔［施波尔］（Louis Spohr，1784—1859）享年七十五岁。又一位大乐圣德国人亨代尔［亨德尔］（George Frederio Handel，1685—1759）享年七十四岁。有名的歌剧改革者格罗克［格鲁克］（Christoph Willibald Gluck，1714—1787）享年七十三岁。法国浪漫派歌剧家马伊亚裴亚［梅耶贝尔］（Giacomo Meyerbeer，1791—1864）也享年七十三岁。意大利作曲家比起尼（Piccini，1728—1800）享年七十二岁。意大利宗教音乐改革者巴雷史德利拿［帕莱斯特里那］（Palestrina，1524—1594）享年七十岁。日本平安朝的乐人尾张滨主年一百十余岁尚能在皇帝御前作"长寿舞"。我国汉文帝时盲乐人窦公，一百八十岁时元气犹壮。文帝问他长生之术，他说十三岁两目全盲，一心学琴至今，故得长生。

这样看来，音乐的效果不是空洞的，着实有实用之处。那么所谓"安慰感情，陶冶精神，修养人格"等等，不是一张空头支票，保存得好，将来可以兑现。

廿三［1934］年三月廿六日，为《中学生》作。

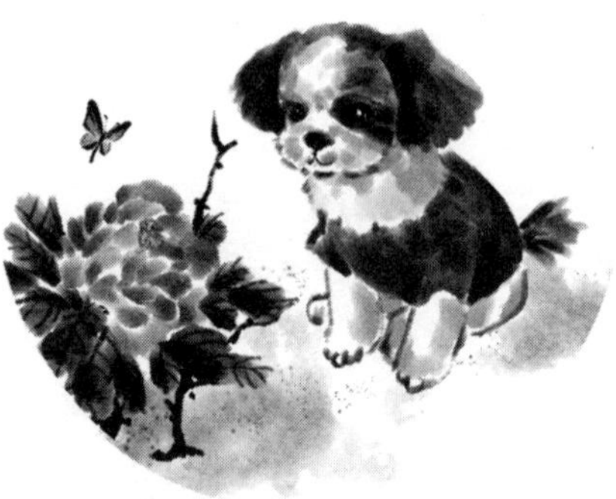

文学的美[1]

(文 / 梁实秋)

一

自亚里士多德以至于今日,文学批评的发展的痕迹与哲学如出一辙,其运动之趋向与时代之划分几乎完全吻合。当然,在最古的时候,批评家就是哲学家,后来虽渐有分工之势,而其密切之关联不曾破坏。但是我们要注意,文学批评与哲学只是有关联,二者不能合而为一。即以文学批评对哲学的关联而论,其对伦理学较对艺术学尤为重要。艺术学是哲学的一部分,其对象是"美"。艺术学史即是"美"的哲学史。……一个艺术学家要分析"快乐"的内容,区别"快乐"的种类,但在文学批评家看来最重要的问题乃是"文学应该不应该以快乐为最终目的"。这

---

[1] 原载《东方杂志》第34卷第1号,民国二十六年(1937)一月一日出版。

"应该"两个字，是艺术学所不过问，而是伦理学的中心问题。假如我们以"生活的批评"为文学的定义，那么文学批评实在是生活的批评的批评，而伦理学亦即人生的哲学。所以说，文学批评与哲学之关系，以对伦理学为最密切。

这是我十年前发表的一段话（见《浪漫的与古典的》第一二八至一二九页），现在看来虽嫌简略笼统，但大致却说明了我对文学的态度。我的态度是道德的。我不但反对"唯美主义"，反对"为艺术而艺术"的主张，我甚至感觉到所谓"艺术学"或"美学"（aesthetics）在一个文学批评家的修养上不是重要的。

美学是哲学的一部门，它起来得很晚，现在还没有达到十分成熟的阶段，因为派别纷歧所以内容很庞杂，因为唯心主义的色彩太浓所以结论往往是很抽象空虚（与实验心理学相结合而起的一派实验美学，亦尚在试验期间，没有什么重大正确的发现）。但是一般人总以为文学是艺术的一种，而美学正是探讨一般艺术原理的学问，所以美学的原理应该可以应用在文学上面。这是一个绝大的误解。所谓"文学是艺术的一种"，这原是很古老的说法，从柏拉图、亚里士多德到莱辛，有不少的批评家根据不同的原则给艺术划分为若干型类，给文学也留一个相当的位置。文学与图画、音乐、雕刻、建筑等等不能说没有关系，亦不能说没有类似之点，但是我们也要注意到各个型类间的异点，我们要知道美学的原则往往可以应用到图画音乐，偏偏不能应用到文学上去。即使能应用到文学上去，所讨论到的也只是文学上最不重要的一部分——美。看一幅成功的山水画，几棵枯树，一抹远山，我们只能说"气韵生动"、"章法严肃"一类的赞美话，总而言之曰"美"。看一部成功的小说、戏剧或诗，我们就不能拿"文笔犀利"、"词藻丰赡"这一类的话来塞责，我们不能只说"美"，我们还得说"好"。因此我提出两个问题：（一）假如我们退一步承认美学的原则可以应用到文学上去，那么我们要问——文学的美究竟是什么？或者我们用较正确的术语来问，从文学里我们能得到什么样的"美感的经验"？（二）文学给了我们以"美感的经验"，是否就算是尽了他的能事？换言之，美在文学里占什么样的地位？

第三章 美之大观

·137·

二

美是什么？是主观的还是客观的？是物的一种属性呢，还是欣赏者心里的一种经验呢？我们现在不须详细的剖析这个形而上学的永远纠缠不清的难题，我们根据常识判断就知道美是主观的并且也是客观的。若说完全是客观的，则莎士比亚的一出《李尔王》，何以雪莱认为是世界上最伟大的悲剧而托尔斯泰却斥为第二流以下的作品？若说完全是主观的，则天下应无根本不美之物，无论其为"自然"或"创造"，然而何以"自然"或"创造"中却尽有公认为不美的在？大概所谓美，必是一件事物在客观上须具备美的条件，而欣赏者在主观上亦须具备审美的修养（如由遗传得来的敏感、由教育得来的知识、由环境得来的习惯，都与审美的修养有关）。有修养的人，遇见一个美的条件具备的物，"美感的经验"便可以发生。欣赏者须具备审美的修养，这是不成问题的，至少不是我们现在所要讨论的；我们现在要问的乃是一件作品——尤其是文学作品——具备了什么条件才可称为美，换言之，什么是文学的美的条件？

近代美学家克鲁契（Croce）在一篇演讲里解说他所认为的艺术不是什么，他首先指陈艺术不是"物质的事实"

（physical fact）。克鲁契是继承康德、希勒、黑格尔、尼采一般唯心主义者的哲学家，他认为艺术是直觉，美当然也不能在物质的媒介物（如颜色声音文字之类）里面去寻求。这种学说是极度的浪漫，在逻辑上当然能自圆其说，然而和其他唯心哲学的部门一般不免是搬弄一套名词，架空立说，不切实际。我们要讲文学的美，我们只能从"文字"上去找具体的例证。因为离开了文字，便没有文学。文字不是文学，文字是文学的形体，离开了形体文学便不能存在。中国画所谓"意在笔先"，所谓"胸有成竹"，那意思只是说在未动笔之前先有了一个大概的整个的轮廓，或是雏形，非枝枝节节的临时补缀敷饰所能为功；我们不可解释作为在未落笔之先艺术作品便已在心里完成，所谓"腹稿"亦不过是历史上文思敏捷的一段美谈，并不是说一部文学作品在腹内都已起了稿子。中国的绝句、日本的俳句或者尚可在心里构成，篇幅稍长则"腹稿"即为不可能。作者在某期间灵机一动抓到一个"意象"或"概念"，这只能成为一篇作品的胚胎，如何使它发扬滋长，如何把它铺叙成篇，这在在都需要艺术手段的安排。"不著一字，尽得风流"，天下决没有这样的事。不要说文学作品的创作需要构思、布局、润饰等等的步骤，就是说欣赏也不是一刹那间就能把握到作品的意义，稍微分量重些的严肃的作品，其篇幅总是相当长的，读完一遍就需要相当的时间。把艺术看成一刹那间的稍纵即逝的一种心理活动，这只是一种浪漫的玄谈而已。我相信文学的本质不一定是"物质的事实"，但欲成为文学作品，则必须是经过文字的媒介而获得一个固定的形体，那就是"物质的事实"了。我们讨论什么是文学的美，只能从文字上着眼。

文字是一种符号，其本身无所谓美与不美（中国的书法是一种特殊的艺术，是诗意与图案混合起来的东西，确有其特殊的美妙，此地且不谈）。文字这种符号，经过适当的选择与编排，便能产生意义，在读者心中可以发生几种不同的作用，至少有这几种：

（一）文字是有声音的。音在先，形在后。所以文字首先是音的符号。我们在读文学作品的时候，我们首先感觉到它的音节，例如字音的清浊、尖圆、平仄、急徐、宽窄，在我们的听觉上都有其个别的刺激。就作品的整个而论，其腔调节奏之抑扬顿挫，其韵脚、头音、双声、叠韵之重复和谐，亦均能给读者以一种听觉上的快感。凡此种种可称之为文学里的音乐美。

（二）文字不仅是声音的符号，它还能在读者心里唤起一幅图画。王摩诘"画中有诗，诗中有画"，就是极言其一方面画里充满了诗的想象，一方面诗里充满了图画（尤其是山水风景）的描写。中国诗里图画的成分极多，所谓"写景"，所谓"状物"，都出文字来画图。西洋诗中所谓word painting，所谓imagist school，都是向这方面的畸形发展。但是我们不否认图画成分在文学里的位置，亦不否认凭文字在心里唤起的图画也自有它的美。"玉露凋伤枫树林，巫山巫峡气萧森。江间波浪兼天涌，塞上风云接地阴"，这是杜甫《秋兴八首》的第一首，确实画出了满纸秋景，很衰飒，很悲壮，也很谐和。"红豆啄余鹦鹉粒，碧梧凄老凤凰枝"，引出多少无聊的注释，其实也不过是堆砌文字画出一幅绚烂的图画，就像印象派的画家用"碎点法"（broken colour）来拼凑出一个印象。总之，这叫做文学里的图画美。

（三）文字能使读者感受到音乐的美、图画的美，这能算尽了文字的能事吗？不。文字这种符号还有更伟大更严肃的效用，若经过适当的选择与编排，它能记载下作者的一段情感使读者起情感的共鸣，它能记载下人生的一段经验使读者加深对于人生的认识，它能记载下社会的一段现象使读者

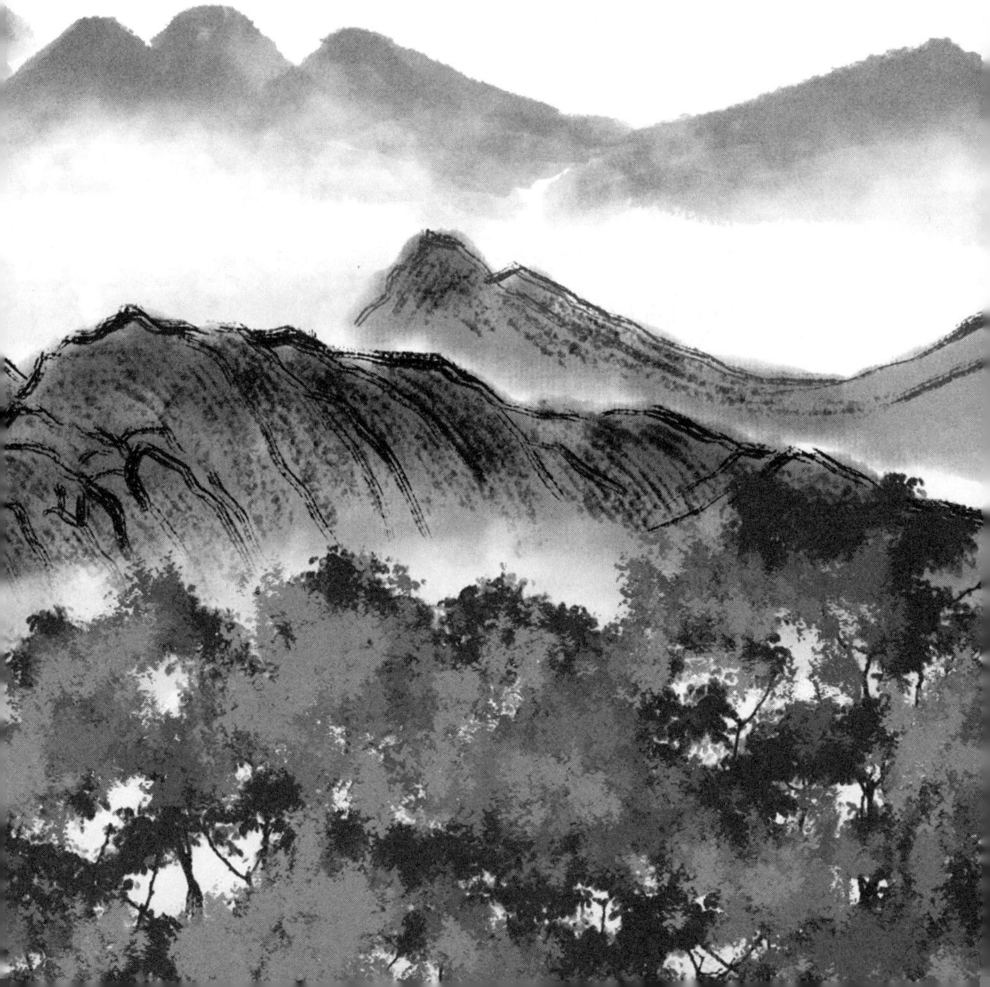

思索那里面含蕴着的问题，总之文学借着文字能发挥它道德的任务，但是这与美无关。

　　文学作品的美当然是很复杂的，譬如：小说的结构往往有建筑性的美；戏剧的布局也有其穿插错综之妙；甚至辞赋律诗八股其间排比对偶之处也颇有匠心，也颇能给人以相当的快感；外国文学中一时曾大量使用的"双关语"（pun）有时候也有其情趣；以至于一词一语，或则含蓄，或则旖旎，或则典雅，或则雄浑，或则隽逸，仪态万方，各有其致。文字是各个都有历史的，异于数学的符号，它能唤起各种各样的"联想"。但是归纳起来，我们若要在文学里寻美，大致讲来，不出图画美与音乐美两个方式。

三

　　我们且先谈谈音乐的美。

　　文学里的音乐美是很有限度的，因为文字根本的不是一个完美的表现音乐美的工具。艺术中的各部门，各有各的任务，其间可以沟通，但不容混淆。可是"型类的混淆"（confusion of genres）正是近代艺术的一种不健全的趋势。培特（Peter）说一切艺术到了精妙的境界都逼近音乐，这句话被许多人称道引用。诗是大家公认为文学中最富音乐性的，我们且看看诗里能有多少音乐。

诗本来是和音乐有密切关系的。"诗三百篇孔子皆弦歌之"，汉时古诗歌谣称为乐府。自唐以后诗一方面随着音乐变迁而为词曲，一方面就宣告独立而与音乐分离。西洋文学也是有同样的经过，所谓"抒情诗"（lyric）本是有lyre伴着歌唱的，"史诗"（epic）、"浪漫故事"（romance）也是由"行吟诗人"口头传播的，戏剧的诗也是含有大量的歌舞的，直到近代（自印刷术发明之后）诗才与音乐几乎完全分开。所以大致讲来，诗最初是"歌唱"的，随后是"吟诵"的，到现代差不多快成为"阅读"的了。当然"阅"诗是"阅"不出其中的音乐，至少我们须要"读"，甚至须要"朗诵"或"低吟"。低吟朗诵的结果，在音乐方面我们所能领略到的恐怕仍然只是一些粗线的平仄之类的把戏罢？希腊、拉丁诗讲究长短音，英文诗讲究轻重音，同是一些粗线的节奏的美。至于韵脚，那更是一种野蛮的遗留，稍微有点音乐训练的人都知道韵（rhyme）不是音乐的要素。

Birkhoff写过一部《美的衡量》（*Aesthetic Measure*，哈佛大学1933版），第八章是《诗里的音乐的成分》，他是

第三章 美之大观

用实验美学的方法来量衡"美"的，似乎是很科学的，比起我们中国"诗话"式的批评似乎来得精细些。他说欲估量诗里的音乐的成分，须用下列的公式：

$$m=\frac{o}{c}=\frac{aa+2r+2m-2ae-2ce}{c}$$

所谓m就是诗里的音乐的成分，要寻求m，第一须先确定c，c者即是所有各行的母音（vowels）、子音（consonants）的数目的总和，外加每行两字间（word-junctures）因前后俱系子音之故以致不易联读的处所之数目（譬如前一字以m终，后一字以d起，此m与d之间就算做添了一个音）。第二须确定o所包括的各项：aa即双声（alliteration）与半谐音（assonance）之总数；r即韵（rhyme），2r者因韵必有对之故；2m即有音乐性之主音（如长音之a、u、o）数目之总和的两倍；ae即过渡的双声与半谐音之数目，ce即过渡的子音之数目，此两项为负性的缺点故应减去。下面是一个具体的例：

```
In Xanadu did Kubla Khan            22/21
1 234 5  6  7 8 9   10 11 121314 15161718  19   20 21

A stately pleasure-dome decree:     15/22
1 2 3 4  5  6 7   8 9 10 11 12 13    14 15 16171819 202122

where Alf, the sacred river, ran    12/22
1  2 3   4. 5 6    7   8 9 1011 12131415161718 19 20  21  22

Through caverns measureless to man.  24/25
1   2    3     4 5 6 7 8 9  10 11 12 13   14  15 16  17 18 19 20 21 22 23 24 25

Down to a sunless sea               14/15
1 2  3 4 5  6 7 8 9 10 11 12 13  14 15
```

$$m = \frac{87}{105} = .83$$

这首诗是Coleridge的《忽必烈汗》的第一节，在英国诗中这是最著名富于音乐美的几行，上面估量的结果算是打了八十三分。这种估量法，作者当初决没有考虑到，现在的读者也没有采纳的可能，因为艺术原不能这样拆开来计算，它给人的印象原是整个的浑然不可支解的。这估量法是否合理，我们现在不管，我现在指出一点：《忽必烈汗》是大家公认的最富音乐美的诗，并且也是浪漫派诗中杰作，但是我们若用同样的估量方法去应用到一些毫无价值的nursery rhymes，我们便可发现我们也可以给打上很高的分数。并且，我们根据上述的方式，我们可以很容易的制造出几行诗，其音乐成分尚可比《忽必列汗》更高。Bliss Perry教授曾举出过一个很奇特的例：有一部教科书 The Parallelogram of Forces 里面有一句话若是用诗的格式写出来是这样：

And hence no force, however great,

Can draw a cord, however fine,

Into a horizontal line

which shall be absolutely straight.

若放在英国诗人丁尼生的悼亡友诗 In Memoriam 里，在音乐这一点上，是并无愧色的。诗里的音乐美，不分析还好，与诗的内容相配和着的时候似乎还有其价值，若单独的提出来分析，其本相是非常简陋的。沈休文创八病之说，如平头上尾蜂腰鹤膝云云，好像是于声律一道辨析毫厘，其实作诗、读诗、评诗的人奉此为准绳则适见其鄙。

把诗里的音乐成分看得太重要，是有弊的，因为对于诗的意义（sense）这往往是一种牺牲。至少在修辞上文法上容易成为一种牺牲。为了拼凑音节，莎士比亚也写过这样的句子："I'gin to be aweary of the sun"（Macbeth, V.5），该短的他写得长了，该长的他写得短了。他的《仲夏夜梦》

里面有许多浅薄无聊的歌辞，配上曼德宋的音乐才不显得太寒伧。音乐美其实是给诗遮丑的。单调铿锵可以遮盖空虚的内容。不过像史文朋（Swinburne）的诗，其音乐美虽然很丰富，还是遮不住他的内容的过度贫乏。多少晦涩的诗都假借音乐的名义而存在着！曾涤生说："凡作诗最宜讲究声调，须熟读古人佳篇，先之以高声朗诵，以昌其气，继之以密咏恬吟，以玩其味。"姚惜抱说："大抵学古文者，必须放声疾读，又缓读，只久之自悟。"这种话在中国是被人奉为金科玉律的。要知道中国诗之贫弱，与"久矣夫千百年非一日矣……"一类的八股文正是由于太重声韵而产生出来的恶果。其实欣赏音乐的美，为什么不直接了当的去听交响乐？

美国的诗人Lanier在一八八○年写过一本很重要的书 *The Science of English Verse*。他是主张诗与音乐可以拿来对比的，他说诗若朗诵起来，可以使耳朵感到纯粹的声音而与其联想的概念无涉。他说："造成音乐的声音关系，与造成诗的声音关系，是一样的。音乐与诗的主要分别，若以科学的准确来说，乃是音乐中所用的'音阶'（Scale of tones）与人的声音所用的'音阶'的区别。"这是一句重要的话。"音阶"的广狭繁简，使得诗与音乐发生程度上的绝大差异，假如不是种类的差异。固然有人以为音乐根本是从人的声音演变出来的。斯宾塞（Spencer：Origin and Function of Music, 1857）就主张音乐起源于文字。《文心雕龙》论"声律"曰："夫音律所始，本于人声者也。声含宫商，肇自血气，先王因之以制乐歌。故知器写人声，声非学器者也。故言语者，文章神明，枢机吐纳，律吕唇吻而已。"音乐之始若何，姑不具论，但音乐已发展成为精妙之艺术，而文学自另有其任务，文学中之音乐的成分绝不能与正式音乐相提并论。

四

文学里的图画美也是有限度的。

中国画最讲究"意境"。谢赫六法首曰："气韵生动"，黄钺《二十四画品》亦首列"气韵"。其实"气韵"即是"意境"之抽象的说法。意境高妙的画，必是"意在笔先"，画者胸中先有丘壑，并不拘于形迹，然后有笔有墨，以写其意。所谓士大夫的画，无不如此。中国诗原来也最讲究"意境"。司空图《二十四诗品》所列"雄浑"、"纤秾"等等也无非是抽象的"意境"。"意境"可以抽象，但是我们要说明、描写、表现一种"意境"时便不能不借重于具体的工具。所以"荒荒油云,寥寥长风"便是"雄浑"的写照,"碧桃满树,风日水滨"便是"纤秾"的写照了。诗里的意境是要借着一幅图画来表达的。

但是艺术的"意境"是要用眼睛来看的,离开了视觉便无所谓"意境"。文字所构成的"意境"虽然是不可目睹,只在想象里存在,然而也是在心里构成一幅可目睹的印象。而文学根本是一种"时间的艺术",用文字来表现"空间的艺术"的美,那是如何的勉强?意境是稍纵即逝的,若想用文字把它固定下来,只能用极少数的文字。所以讲意境者,只能称引短诗或摘句了。《沧浪诗话》有这样一段:

汉魏古诗,气象混沌,难以句摘。晋以还方有佳句,如渊明"采菊东篱下,悠然见南山",谢灵运"池塘生春草,园柳变鸣禽"之类。

中国诗里的"佳句"是多得很,但"摘句"是不是一个好的办法呢?摘下一个佳句,我们可以说这句里有一个"意境"或一幅图画,但是"佳句"是否即是全首诗的精华所在呢?是否即是诗人命意之所在呢?谁都知道"摘句"不是妥当的办法,但是为了要举出诗中的"意境"的例证,往往不得不"摘句"。"意境"只能用几个字勾画出来,像日本芭蕉的俳句：

　　古池呀——青蛙跳进去的水声！

　　寥寥十余字，画出一个完美的意境，长了便不行。所以遇见长些的诗，只好摘取其中合用的一二句。摘句原无不可，不过摘句的人应该明白，他只是割取作品中的一小块，并且还要注意这一小块是否是作品中最重要的部分。

　　一首诗整个的目的若是在表现一个"意境"，这首诗一定是很短的。篇幅稍微长些的作品，如其里面有一段故事，则故事是动的，是逐渐开展的，便不能仅仅表现一个静止的意境；如其里面含着一段情感的描写、则情感须附丽于动作，亦自有其开展的程序，亦便不能仅仅表现一个静止的意境。譬如说，莎士比亚伟大的悲剧《哈姆雷特》、《马克白》、《李尔王》，我们可以说里面含有人性的描写、情感的表现，甚至说含有哲理，但无论如何谈不到里面主要的是什么美，谈不到什么意境。顶多我们只可以摘句，说某某佳句有好的意境；若就整个的来讲，其意义当别有所在。一串一串的佳句，一串一串的意境，凑起来不能成为一部好作品，文学另有其他的更重要更严肃的内容。所谓"佳句"，所谓"意境"，在伟大作品里永远是点缀而已。

讲到内容，文学和图画就不同。在图画里，题材可以不拘，一山一水一树一石，无不可以入画，只要懂得参差虚实，自然涉笔成趣。文学则不然，文学不能不讲题材的选择，不一定要选美的，一定要选有意义的，一定要与人生有关系的。"采菊东篱下，悠然见南山"，还可以画得出来一个老者、一道竹篱、一丛野菊、一抹远山，配搭起来也可以写出闲适幽雅之态。这实际上已不仅是图画美，因为闲适幽雅已经不仅是一种形象的美，而是多少牵涉到道德思想了。但是要画《浮士德》，要画《失乐园》，要画《神曲》，那就更不好办了，除非用连环木刻的办法，或画成若干幅册页。画出来的《失乐园》、《浮士德》、《神曲》其意义能和用文字写的作品相比拟么？可知文学图画各有藩篱，其理虽然可能，究竟性质不同、工具不同、内容不同，不能混淆。可惜这种混淆，从古时起到现今不曾完全澄清，莱辛的 *Laokoon* 还不够打破这种雾氛。Plutarch就说："诗是能言的图画，画是静默的诗。"近代的象征主义者、克鲁契派的美学者、唯心主义的心理学者，也还陷在这混淆的泥淖里而不能自拔！

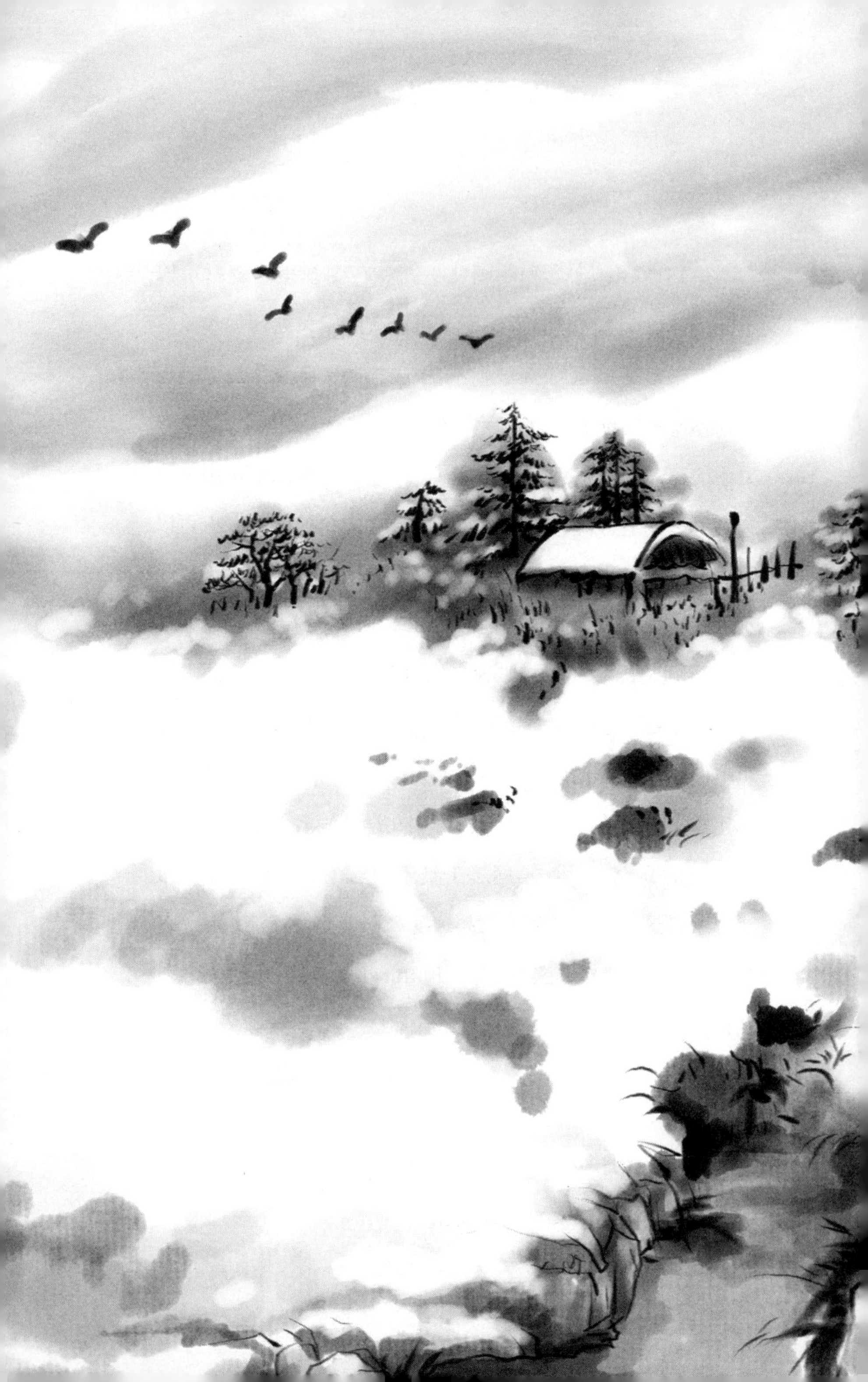

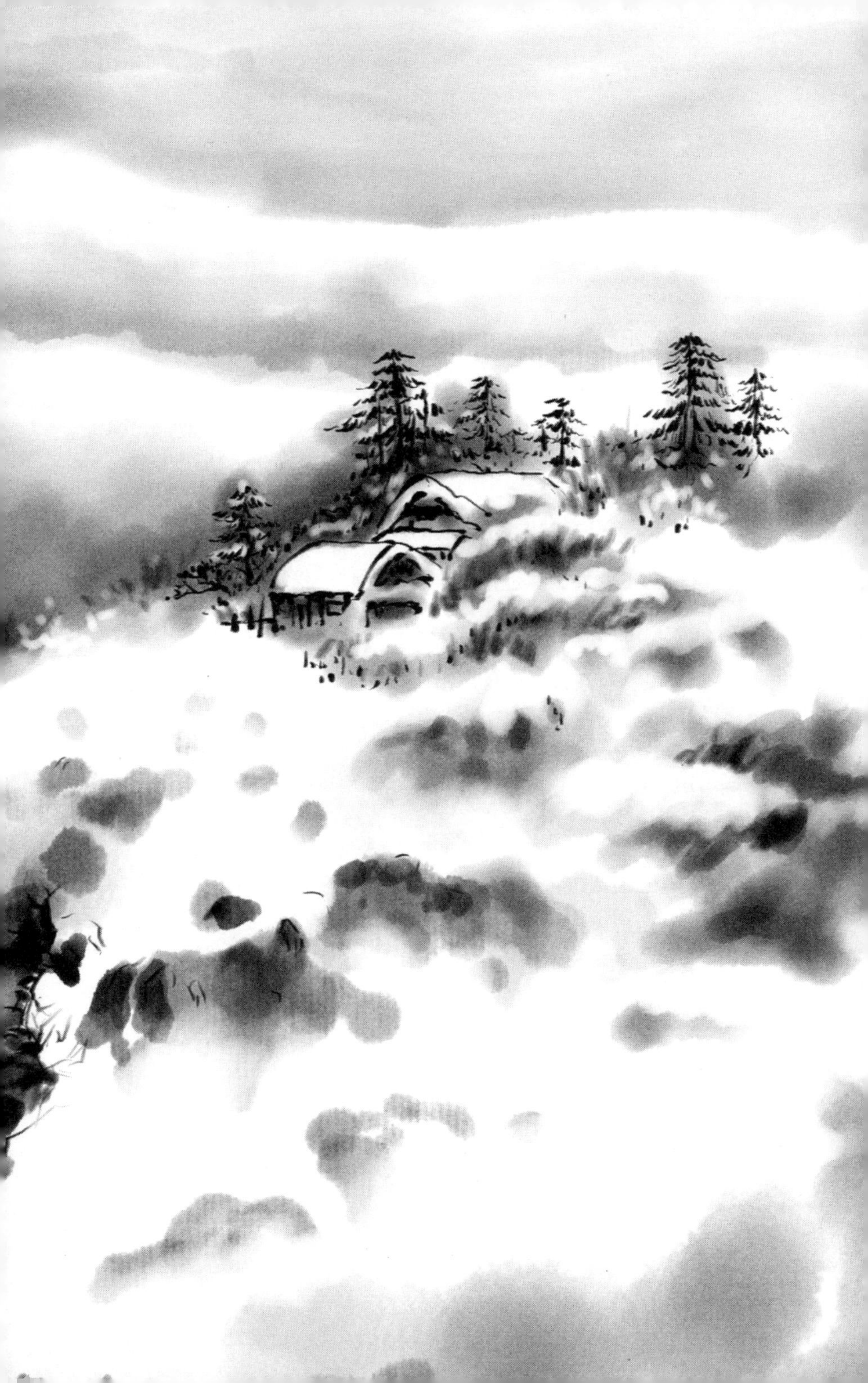

五

那么美究意在文学里有什么样的地位呢？我承认文学里面有美，因为有美所以文学才能算是一种艺术，才能与别种艺术息息相通，但是美在文学里面只占一个次要的地位，因为文学虽是艺术，而不纯粹是艺术，文学和音乐图画是不同的。我这样说，并非是主观的以为文学应如此或不应如此便更进一步以为文学是如此或不是如此；我们试把一般公认为伟大或成功的古今中外若干文学作品摆在目前，客观的看一看，里面有几许是仅仅以给人美感为目的，有几许是除了以给人美感之外还以给人更严肃更崇高的感动（理智的与情感的）为目的，我们再归纳起来便可知道美在文学里的地位是不重要的了。

文学里面两项重要的成分，是思想与情感。文学的题材，严格的讲，是人的活动（man in action），其处置题材的方法是具体的描写，不是抽象的分析，所以文学异于社会科学；是想象的安排，不是个别的记载，所以文学异于历史。文学作者必先对于人事有所感或有所见，然后他才要发而为文，所以文学家不能没有人生观，不能没有思想的体系。因此文学作品不能与道德无关，除非那文学先与人事无关。与人事无关的文学作品，事实上是有的，西洋近代的所谓"纯粹诗"（pure poetry）就是向着这方向发展的，至于"为艺术而艺术"的主张以为艺术与人事的关系应该割断自更不待言。象征主义者实际上也是把人事排出于艺术范围之外。但这只是一种堕落的趋向，只能在一些"小诗"或"佳句"里寻求例证罢了。从"美学"的出发点来看文学，也同样的容易忽略文学的道德性。

美在文学里的地位是这样的：他随时能给人一点"美感"，给人一点满足，但并不能令读者至此而止；因为这一点满足是很有限的，远不如音乐与图画，这一点点的美感只能提起读者的兴趣去做更深刻更严肃的追求。例如李后主的词、王渔洋的《秋柳》，单赏玩其中的辞句的绮丽、声调的跌宕，那是不够的，因为明明的里面有亡国之恨，不容你不去领会。例如杜工部的《秋兴》，单赏玩其中的"典丽"是不够的，因为明明的里面有一个抑郁不得志的人的牢骚，不容你不去领会。那亡国恨写得美，那牢骚写得美，我承认，但是读者读了之后决不会说一声"美呀！美呀！"就算完事，最足以打动读者的心的不是那美，是那作为题材的亡国恨和牢骚。欣赏音乐图画，可以用"无所为而为"的态度，可以采用适当的"距离",若是读文学作品而亦同样的停留在美感经验的阶段,不去探讨其道德的意义,虽然像是很"雅",其实是"探龙颔而遗骊珠"!

所以罗斯金(Ruskin)说得好,他说在欣赏艺术时有两种经验:一个叫做aesthesis,就是美感,即吾人对于愉快之本能的感受;一个叫做theoria,就是对艺术之崇高的虔敬的认识。罗斯金是能欣赏美的人,但他不以美感经验为满足。我们不必同情于他的宗教的情绪,至少他的道德的趋向是健全的,可惜他的门徒如培特、王尔德等辈只承袭了他对于艺术的爱好而没有接受他的学说之道德的严肃。托尔斯泰的艺术学说排斥历来美学的错误而主张"艺术是一个人于经历某一种情感之后有意的把那情感传达给人之一种活动",是有见地的。我们不必同情于他的宗教的热狂,但他攻击美学之贫困及时下文艺之颓废,是合理的。

文学与人生既有这样密切的关系,批评文学的人就不能专门躲在美学的象牙之塔里,就需要自己先尽量认识人生,然后才能有资格批评文学。批评文学不仅是说音节如何美意境如何妙,是还要判断作者的意识是否正确,态度是否健全,描写是否真切。所以一个好的批评家不仅要充分了解作者的艺术，还要充分了解作者的思想体系与情感的质地。批评家如忽略美学与心理学诚然是很大的缺憾，但是若忽略了理解人生所必需的最低限度的理论学、政治学、社会学、经济学以及历史的智识，那当是更大的缺憾！

我并不同情于"教训主义"。"教训主义"与"唯美主义"都是极端，一个是太不理会人生与艺术的关系，一个是太着重于道德的实效。文学是美的，但不仅仅是美；文学是道德的，但不注重宣传道德。凡是伟大的文学必是美的，而同时也必是道德的。所以文学与音乐图画有同有异，适用于音乐图画的原则不尽适用于文学。

"起初上帝创造天地。地是空虚混沌，渊面黑暗，上帝的灵运行在水面上。上帝说，要有光，就有了光。上帝看光是好的，就要光暗分开了。……"（《创世纪》）有人曾指陈：上帝看光是好的，没有看光是美的，海、陆、植物、虫、鱼、鸟、兽陆续被创造出来，上帝也看是好的，没有看是美的。虽是神话，可深长思。

二十五年十二月九日，北平。

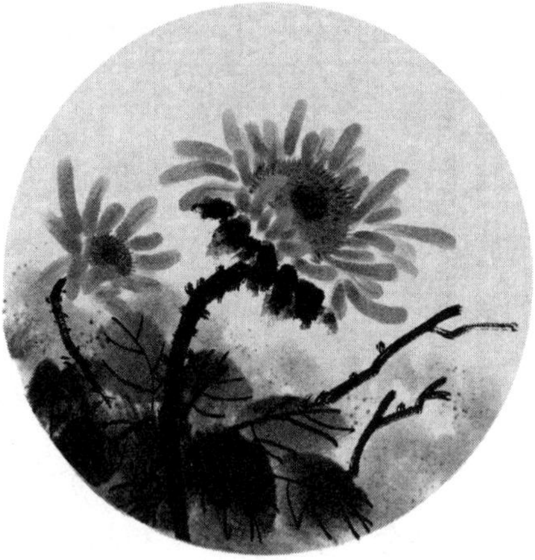

中国画与西洋画的比较区别

（文 / 丰子恺）

东西洋文化，根本不同。故艺术的表现亦异。大概东洋艺术重主观，西洋艺术重客观。东洋艺术为诗的，西洋艺术为剧的。故在绘画上，中国画重神韵，西洋画重形似。两者比拟起来，有下列的五个异点：

（一）中国画盛用线条，西洋画线条都不显著。线条大都不是物象所原有的，是画家用以代表两物象的境界的。例如中国画中，描一条蛋形线表示人的脸孔，其实人脸孔的周围并无此线，此线是脸与背景的界线。又如画一曲尺形线表示人的鼻头，其实鼻头上也并无此线，此线是鼻与脸的界线。又如山水、花卉等，实物上都没有线，而画家盛用线条。山水中的线条特名为"皴法[1]"。人物中的线条特名为"衣褶"。都是艰深的研究工夫。西洋画就不然，只有各物的界，界上并不描线。所以西洋画很像实物，而中国画不像

---

[1] 皴（cūn）法：中国画技法之一，用以表现山石和树皮的纹理。

实物，一望而知其为画。盖中国书画同源，作画同写字一样，随意挥洒，披露胸怀。19世纪末，西洋人看见中国画中线条的飞舞，非常赞慕，便模仿起来，即成为"后期印象派"（详见本书[1]中《西洋画简史》篇）。但后期印象派以前的西洋画，都是线条不显著的。

（二）中国画不注重透视法，西洋画极注重透视法。透视法，就是在平面上表现立体物。西洋画力求肖似真物，故非常讲究透视法。试看西洋画中的市街、房屋、家具、器物等，形体都很正确，竟同真物一样。若是描走廊的光景，竟可在数寸的地方表出数丈的距离来。若是描正面的（站在铁路中央眺望的）铁路，竟可在数寸的地方表出数里的距离来。中国画就不然，不欢喜画市街、房屋、家具、器物等立体相很显著的东西，而欢喜写云、山、树、瀑布等远望如天然平面物的东西。偶然描房屋器物，亦不讲究透视法，而任意表现。例如画庭院深深的光景，则曲廊洞房，尽行表示，好似飞到半空中时所望见的；且又不是一时间所见，却是飞来飞去，飞上飞下，几次所看见的。故中国画的手卷，山

---

[1] 本书：指作者《艺术修养基础》一书，1941年桂林版。

水连绵数丈，好像是火车中所见的。中国画的立幅，山水重重叠叠，好像是飞机中所看见的。因为中国人作画同作诗一样，想到哪里，画到哪里，不能受透视法的拘束。所以中国画中有时透视法会弄错。但这弄错并无大碍。我们不可用西洋画的法则来批评中国画。

（三）东洋人物画不讲解剖学，西洋人物画很重解剖学。解剖学，就是人体骨骼筋肉的表现形状的研究。西洋人作人物画，必先研究解剖学。这解剖学英名曰：anatomy for art students，即艺术解剖学。其所以异于生理解剖学者，生理解剖学讲人体各部的构造与作用，艺术解剖学则专讲表现形状。但也须记诵骨骼筋肉的名称，及其形状的种种变态，是一种艰苦的学问。但西洋画家必须学习。因为西洋画注重写实，必须描得同真的人体一样。但中国人物画家从来不需要这种学问。中国人画人物，目的只在表出人物的姿态的特点，却不讲人物各部的尺寸与比例。故中国画中的男子，相貌奇古，身首不称。女子则蛾眉樱唇，削肩细腰。倘把这些人物的衣服脱掉，其形可怕。但这非但无妨，却是中国画的好处。中国画欲求印象的强烈，故扩张人物的特点，使男子增雄伟，女子增纤丽，而充分表现其性格。故不用写实法而用象征法。不求形似，而求神似。

（四）中国画不重背景，西洋画很重背景。中国画不重背景，例如写梅花，一支悬挂空中，四周都是白纸。写人物，一个人悬挂空中，好像驾云一般。故中国画的画纸，留出空白余地甚多。很长的一条纸，下方描一株菜或一块石头，就成为一张立幅。西洋画就不然，凡物必有背景，例如果物，其背景为桌子。人物，其背景为室内或野外。故画面全部填涂，不留空白。中国画与西洋画这点差别，也是由于写实与传神的不同而生。西洋画重写实，故必描背景。中国画重传神，故必删除琐碎而特写其主题，以求印象的强明。

（五）东洋画题材以自然为主，西洋画题材以人物为主。中国画在汉代以前，也以人物为主要题材。但到了唐代，山水画即独立。一直到今日，山水常为中国画的正格。西洋自希腊时代起，一直以人物为主要题材。中世纪的宗教画，大都以群众为题材。例如《最后的审判》《死之胜利》等，一幅画中人物不计其数。直到19世纪，方始有独立的风景画。风景画独立之后，人物画也并不让位，裸体画在今日仍为西洋画的主要题材。

上述五条，是中国画与西洋画的异点。由此可知中国画趣味高远，西洋画趣味平易。故为艺术研究，西洋画不及中国画的精深。为民众欣赏，中国画不及西洋画的普通。

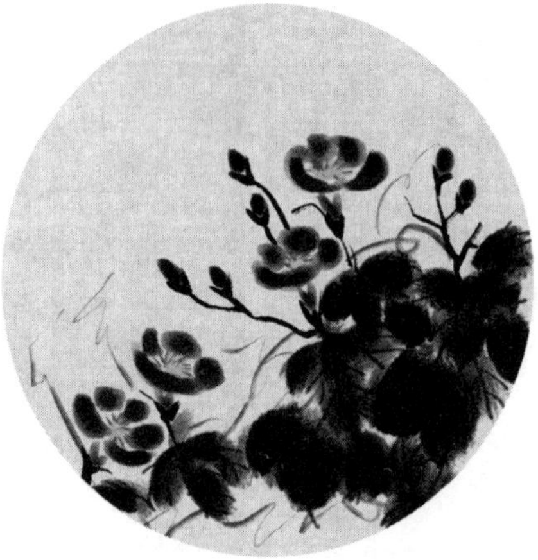

审美范畴中的悲剧性和喜剧性

(文 / 朱光潜)

朋友们：

诸位来信有问到审美范畴的。范畴就是种类。审美范畴往往是成双对立而又可以混合或互转的。例如，与美对立的有丑，丑虽不是美，却仍是一个审美范畴。讨论美时往往要联系到丑或不美，例如，马克思在《1844年经济学-哲学手稿》里就提到劳动者创造美而自己却变成丑陋畸形。特别在近代美学中，丑转化为美已日益成为一个重要问题。丑与美不但可以互转，而且可以由反衬而使美者愈美，丑者愈丑。我们在第二封信里就已举例约略谈到丑转化为美以及肉体丑可以增加灵魂美的问题。这还涉及自然美和艺术美的差别和关系的问题。对这类问题深入探讨，可以加深对辩证唯物主义的理解。

美与丑之外，对立而可混合或互转的还有崇高和秀美以及悲剧性与喜剧性两对审美范畴。既然叫做审美范畴，也就要隶属于美与丑这两个总的范畴之下。崇高（亦可叫做"雄伟"）与秀美的对立类似中国文论中的"阳刚"与"阴柔"。我在旧著《文艺心理学》第十五章里曾就此详细讨论过。例如狂风暴雨、峭岩悬瀑、老鹰古松之类自然景物以及莎士比亚的《李尔王》、米开朗琪罗的雕刻和绘画、贝多芬的《第九交响曲》、屈原的《离骚》、庄子的《逍遥游》和司马迁的《项羽本纪》、阮籍的《咏怀》、李白的《古风》一类文艺作品，都令人起崇高或雄伟之感。春风微雨、娇莺嫩柳、小溪曲涧荷塘之类自然景物和赵孟𫖯的字画、《花间集》、《红楼梦》里的林黛玉、《春江花月夜》乐曲之类文艺作品都令人起秀美之感。崇高的对象以巨大的体积或雄伟的精神气魄突然向我们压来，我们首先感到的是势不可挡，因而惊惧，紧接着这种自卑感就激起自尊感，要把自己提到雄伟对象的高度而鼓舞振奋，感到愉快。所以崇高感有一个由不愉快而转化到高度愉快的过程。一个人多受崇高事物的鼓舞可以消除鄙俗气，在人格上有所提高。至于秀美感则是对娇弱对象的同情和宠爱，自始至终是愉快的。刚柔相济，是人生应有的节奏。崇高固可贵，秀美也不可少。这两个审美范畴说明美感的复杂性，可以随人而异，也可以随对象而异。

至于悲剧和喜剧这一对范畴在西方美学思想发展中一向就占据特别重要的地位,这方面的论著比任何其他审美范畴的都较多。我在旧著《文艺心理学》第十六章"悲剧的喜感"里和第十七章"笑与喜剧"里已扼要介绍过,在新著《西方美学史》里也随时有所陈述,现在不必详谈。悲剧和喜剧都属于戏剧,在分谈悲剧与喜剧之前,应先谈一下戏剧总类的性质。戏剧是对人物动作情节的直接摹仿,不是只当作故事来叙述,而是用活人为媒介,当着观众直接扮演出来,所以它是一种最生动鲜明的艺术,也是一种和观众打成一片的艺术。人人都爱看戏,不少的人都爱演戏。戏剧愈来愈蓬勃发展。黑格尔曾把戏剧放在艺术发展的顶峰。西方几个文艺鼎盛时代,例如古代的希腊,文艺复兴时代的英国、西班牙和法国,浪漫运动时代的德国都由戏剧来领导整个时代的文艺风尚。我们不禁要问:戏剧这个崇高地位是怎样得来的?要回答这个问题,还要"数典不能忘祖"。不但人,就连猴子鸟雀之类动物也摹仿同类动物乃至人的声音笑貌和动作来做戏。不但成年人,就连婴儿也爱摹仿所见到的事物来做戏,表现出离奇而丰富的幻想,例如和猫狗乃至桌椅谈话,男孩用竹竿当作马骑,女孩装着母亲喂玩具的奶。这些游戏其实就是戏剧的雏形，也是对将来实际劳动生活的学习和训练。多研究一下"儿戏"，就可以了解关于戏剧的许多道理。首先是儿童从这种游戏中得到很大的快乐。这种快乐之中就带有美感。人既然有生命力，就要使他的生命力有用武之地，就要动，动就能发挥生命力，就感到舒畅；不动就感到"闷"，闷就是生命力被堵住，不得畅通，就感到愁苦。汉语"苦"与"闷"连用，"畅"与"快"连用，是大有道理的。马克思论劳动，也说过美感就是人使各种本质力量能发挥作用的乐趣。人为什么爱追求刺激和消遣呢？都是要让生命力畅通无阻，要从不断活动中得到乐趣。因此，不能否定文艺（包括戏剧）的消遣作用，消遣的不是时光而是过剩的精力。要惩罚囚犯，把他放在监狱里还戴上手铐脚镣，就是逼他不能自由动弹而受苦，所以囚犯总是眼巴巴地望着"放风"的时刻。我们现在要罪犯从劳动中得到改造，这是合乎人道主义的。我们正常人往往进行有专责的单调劳动，只有片面的生命力得到发挥，其他大部分生命力也遭到囚禁，难得全面发展，所以也有定时"放风"的必要。戏剧是一个最好的"放风"渠道，因为其他艺术都有所偏，偏于视或偏于听，偏于时间或偏于空间，偏于静态或偏于动态，而戏剧却是综合性最强的艺术，以活人演活事，使全身力量都有发挥作用的余地，而且置身广大群众中，可以有同忧同乐的社会感。所以戏剧所产生的美感在内容上是最复杂、最丰富的。

无论是悲剧还是喜剧，作为戏剧，都可以产生这种内容最复杂也最丰富的美感。不过望文生义，悲喜毕竟有所不同，类于悲剧的喜感，西方历来都以亚理斯多德在《诗学》里的悲剧净化论为根据来进行争辩或补充。依亚理斯多德的看法，悲剧应有由福转祸的结构，结局应该是悲惨的。理想的悲剧主角应该是"和我们自己类似的"好人，为着小过失而遭到大祸，不是罪有应得，也不是完全无过错，这样才既能引起恐惧和哀怜，又不至使我们的正义感受到很大的打击。恐惧和哀怜这两种悲剧情感本来都是不健康的，悲剧激起它们，就导致它们的"净化"或"发散"（Katharsis），因为象脓包一样，把它戳穿，让它发散掉，就减轻它的毒力，所以对人在心理上起健康作用。这一说就是近代心理分析派佛洛伊特（S.Freud）的"欲望升华"或"发散治疗"说的滥觞。依这位变态心理学家的看法，人心深处有些原始欲望，最突出的是子对母和女对父的性欲，和文明社会的道德法律不相容，被压抑到下意识里形成"情意综",作为许多精神病例的病根。但是这种原始欲望也可采取化装的形式,例如神话、梦、幻想和文艺作品往往就是原始欲望的化装表现。佛洛伊特从这种观点出发,对西方神话、史诗、悲剧乃至近代一些伟大艺术家的作品进行心理分析来证明文艺是"原始欲望的升华"。这一说貌似离奇,但其中是否包含有合理因素,是个尚待研究的问题。他的观点在现代西方还有很大的影响。

此外,解释悲剧喜感的学说在西方还很多,例如柏拉图的幸灾乐祸说,黑格尔的悲剧冲突与永恒正义胜利说,叔本华的悲剧写人世空幻、教人退让说,尼采的悲剧为酒神精神和日神精神的结合说。这些诸位暂且不必管,留待将来参考。

关于喜剧,亚理斯多德在《诗学》里只留下几句简短而颇深刻的话:

喜剧所摹仿的是比一般人较差的人物。"较差"并不是通常所说的"坏"(或"恶"),而是丑的一种形式。可笑的对象对旁人无害,是一种不至引起痛感的丑陋或乖讹。例如喜剧的面具既怪且丑,但不至引起痛感。

这里把"丑"或"可笑性"作为一种审美范畴提出,其要义就是"谑而不虐"。不过这只是现象,没有说明"丑陋或乖讹"何以令人发笑，感到可喜。近代英国经验派哲学家霍布士提出"突然荣耀感"说作为一种解释。霍布斯是主张性恶论的，他认为"笑的情感只是在见到穷人的弱点或自己过去的弱点时突然想起自己的优点所引起的'突然荣耀感'"，觉得自己比别人强，现在比过去强。他强调"突然"，因为"可笑的东西必定是新奇的，不期然而然的"。

此外关于笑与喜剧的学说还很多，在现代较著名的有法国哲学家柏格森的《笑》（*LeRire*）。他认为笑与喜剧都起于"生命的机械化"。世界在不停地变化，有生命的东西应经常保持紧张而有弹性，经常能随机应变。可笑的人物虽有生命而僵化和刻板公式化，"以不变应万变"，就难免要出洋相。柏格森举了很多例子。例如一个人走路倦了，坐在地上休息，没有什么可笑，但是闭着眼睛往前冲，遇到障碍物不知回避，一碰上就跌倒在地上，这就不免可笑。有一个退伍的老兵改充堂馆，旁人戏向他喊："立正！"他就慌忙垂下两手，把捧的杯盘全都落地打碎，这就引起旁人大笑。依柏格森看，笑是一种惩罚，也是一种警告，使可笑的人觉到自己笨拙，加以改正。笑既有这样实用目的，所以它引起的美感不是纯粹的。"但笑也有几分美感，因为社会和个人在超脱生活急需时把自己当作艺术品看待，才有喜剧。"

现代值得注意的还有已提到的佛洛伊特的"巧智与隐意识"，不过不是三言两语可以介绍清楚的。他的英国门徒谷列格（Greig）在一九二三年编过一部笑与喜剧这个专题的书目就有三百几十种之多。诸位将来如果对这个专题想深入研究，可以参考。

我提出悲剧和喜剧这两个范畴作为最后一封信来谈，因为戏剧是文艺发展的高峰，是人民大众所喜闻乐见的综合性艺术。从电影剧、电视剧乃至一般曲艺的现状来看，可以预料到愈到工业化的高度发展的时代，戏剧就愈有广阔而光明的未来。社会主义时代是否还应该有悲剧和喜剧呢？在苏联，这个问题早已提出，可参看卢那察尔斯基的《论文学》[1]中"社会主义现实主义"章。近来我国文艺界也在热烈讨论这个问题。这是可喜的现象。我读过有关这些讨论的文章或报告，感到有时还有在概念上兜圈子的毛病，例如恩格斯在复拉萨尔的信里是否替悲剧下过定义，我们所需要的是否还是过去的那种悲剧和喜剧之类。有人还专从阶级斗争观点来

1　可参看蒋路的译文，人民文学出版社1978年版。

考虑这类问题，有时也不免把问题弄得太简单化了。我们还应该多考虑一些具体的戏剧名著和戏剧在历史上的演变。

从西方戏剧发展史来看，我感到把悲剧和喜剧截然分开在今天已不妥当。希腊罗马时代固然把悲剧和喜剧的界限划得很严，其中原因之一确实是阶级的划分。上层领导人物才做悲剧主角，而中下层人物大半只能侧身于喜剧。到了文艺复兴时代资产阶级（所谓"中层阶级"）已日渐登上政治舞台，也就要求登上文艺舞台了，民众的力量日益增强了，于是悲剧和喜剧的严格划分就站不住了。英国的莎士比亚和意大利的瓜里尼（G.Guarini）不约而同地创造出悲喜混杂剧来。瓜里尼还写过一篇《悲喜混杂剧体诗的纲领》，把悲喜混杂剧比作"寡头政体和民主政体相结合的共和政体"。这就反映出当时意大利城邦一般人民要和封建贵族分享政权的要求。莎士比亚的悲喜混杂剧大半在主情节（mainplot）之中穿插一个副情节（Sub-plot），上层人物占主情节，中下层人物则侧居副情节。如果主角是君主，他身旁一般还有一两个喜剧性的小丑，正如塞万提斯的传奇中堂·吉诃德之旁还有个桑丘·潘沙。这部传奇最足以说明悲剧与喜剧不可分。堂·吉诃德本人既是一个喜剧人物，又是一个十分可悲的人

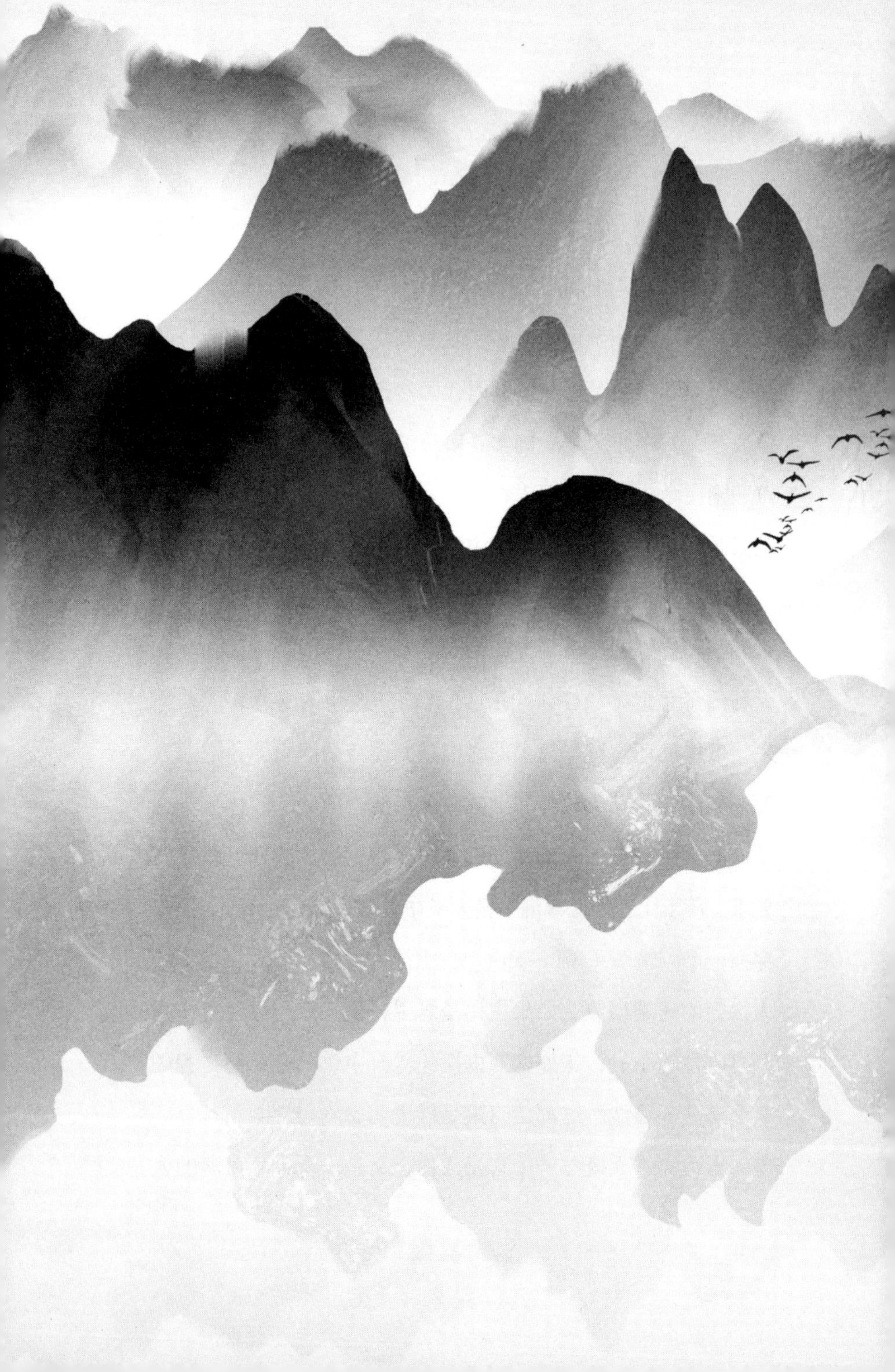

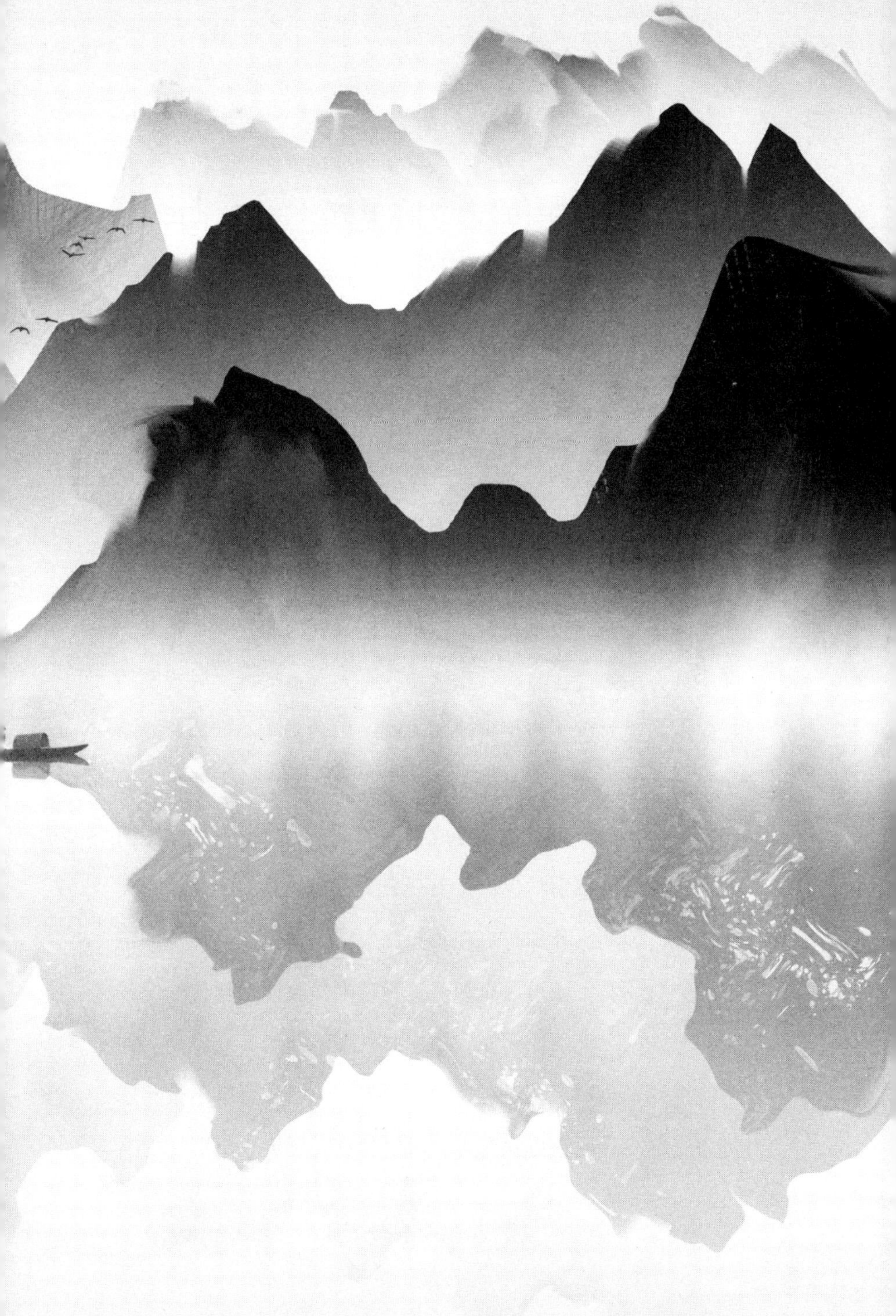

物。到了启蒙运动时在狄德罗和莱辛的影响之下，市民剧起来了，从此就很少有人写古典型的悲剧了。狄德罗主张用"严肃剧"来代替悲剧，只要题材重要就行，常用的主角不是达官贵人而是一般市民，有时所谓重要题材也不过是家庭纠纷。愈到近代，科学和理智日渐占上风，戏剧已不再纠缠在人的命运或诗的正义这些方面的矛盾，而要解决现实世界所面临的一些问题，于是易卜生和肖伯纳式的"问题剧"就应运而起。近代文艺思想日益侧重现实主义，现实世界的矛盾本来很复杂，纵横交错，很难严格区分为悲喜两个类型。就主观方面来说，有人偏重情感，有人偏重理智，对戏剧的反应也有大差别。我想起法国人有一句名言："世界对爱动情感的人是个悲剧，对爱思考的人是个喜剧。"上文我已提到堂·吉诃德，可以被人看成喜剧的，也可以被人看作悲剧的。电影巨匠卓别林也许是另一个实例。他是世所公认的大喜剧家，他的影片却每每使我起悲剧感，他引起的笑是"带泪的笑"。看《城市之光》时，我暗中佩服他是现代一位最大的悲剧家。他的作品使我想起对丑恶事物的笑或许是一种本能性的安全瓣，我对丑恶事物的笑，说明我可以不被邪恶势力压倒，我比它更强有力，可以和它开玩笑。卓别林的笑仿佛有这么一点意味。

因此，我觉得现在大可不必从概念上来计较悲剧的定义和区别。我们当然不可能"复兴"西方古典型的单纯的悲剧和喜剧。正在写这封信时，我看到最近上演的一部比较成功的话剧《未来在召唤》，在感到满意之余，我就自问：这部剧本究竟是悲剧还是喜剧？它的圆满结局不能使它列入悲剧范畴，它处理现实矛盾的严肃态度又不能使它列入喜剧。我从此想到狄德罗所说的"严肃剧"或许是我们的戏剧今后所走的道路。我也回顾了一下我们自己的戏剧发展史，凭非常浅薄的认识，我感到我们中国民族的喜剧感向来很强，而悲剧感却比较薄弱。其原因之一是我们的"诗的正义感"很强，爱好大团圆的结局，很怕看到亚理斯多德所说的"象我们自己一样的好人因小过错而遭受大的灾祸"。不过这类不符合"诗的正义"（即"善有善报，恶有恶报"）的遭遇在现实世界中却是经常发生的。"诗的正义感"本来是个善良的愿望，我们儒家的中庸之道和《太上感应篇》的影响也起了不小的作用。悲剧感薄弱毕竟是个弱点，看将来历史的演变能否克服这个弱点吧。

现在回到大家在热烈讨论的"社会主义时代还要不要

悲剧和喜剧"这个问题，这只能有一个实际意义：社会主义社会里是否还有悲剧性和喜剧性的人和事。过去十几年林彪和"四人帮"的血腥的法西斯统治已对这个问题作出了明确的答复：当然还有！在理论上辩证唯物主义和历史唯物主义也早就对这个问题作了根本性的答复。历史是在矛盾对立斗争中发展的，只要世界还在前进，只要它还没有死，它就必然要动，动就有矛盾对立斗争的人和事，即有需要由戏剧来反映的现实材料和动作情节。这些动作情节还会是悲喜交错的，因为悲喜交错正是世界矛盾对立斗争在文艺领域的反映，不但在戏剧里是如此，在一切其它艺术里也是如此；不但在社会主义时代如此，在未来的共产主义时代也还是如此。祝这条历史长河永流不息！

第四章　美与人生

远功利，是艺术修养的一大效果。

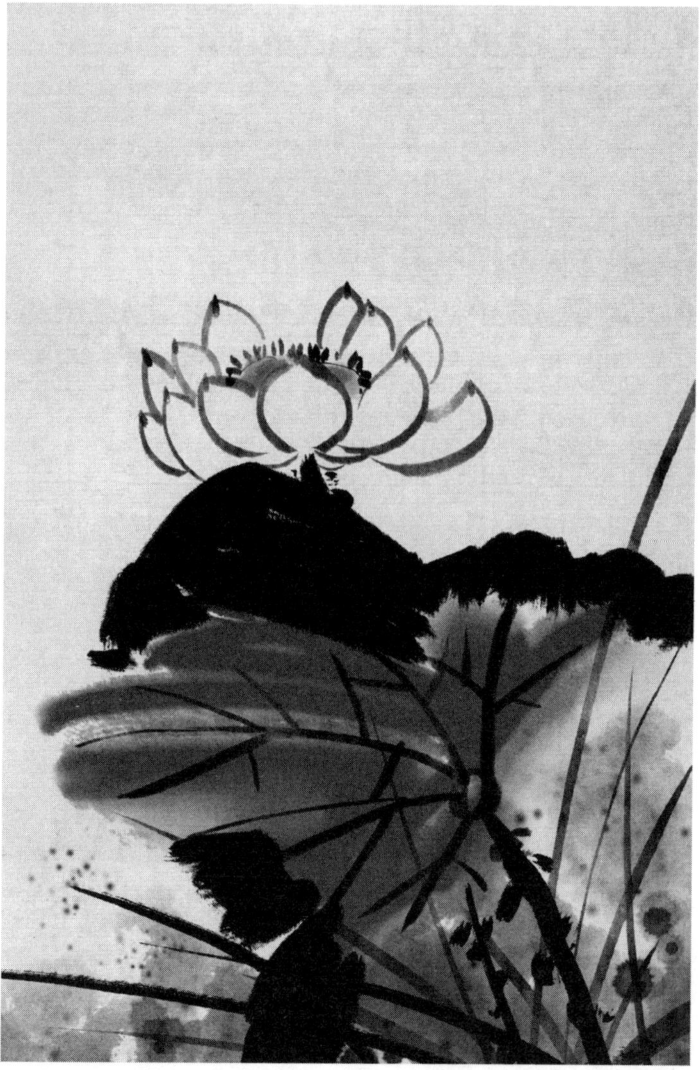

图画与人生[1]

（文 / 丰子恺）

我今天所要讲的，是"图画与人生"。就是图画对人有什么用处？就是做人为什么要描图画，就是图画同人生有什么关系？

这问题其实很容易解说：图画是给人看看的。人为了要看看，所以描图画。图画同人生的关系，就只是"看看"。

"看看"，好像是很不重要的一件事，其实同衣食住行四大事一样重要。这不是我在这里说大话，你只要问你自己的眼睛，便知道。眼睛这件东西，实在很奇怪：看来好像不要吃饭，不要穿衣，不要住房子，不要乘火车，其实对于衣食住行四大事，他都有份，都要干涉。人皆以为嘴巴要吃，身体要穿，人生为衣食而奔走，其实眼睛也要吃，也要穿，还有种种要求，比嘴巴和身体更难服侍呢。

所以要讲图画同人生的关系，先要知道眼睛的脾气。我

---

[1] 本篇出自丰子恺先生1936年9月12日下午四时半至五时中央广播电台播音演讲稿。

们可拿眼睛来同嘴巴比较：眼睛和嘴巴，有相同的地方，有相异的地方，又有相关联的地方。

相同的地方在那里呢？我们用嘴巴吃食物，可以营养肉体；我们用眼睛看美景，可以营养精神。——营养这一点是相同的。譬如看见一片美丽的风景，心里觉得愉快；看见一张美丽的图画，心里觉得欢喜。这都是营养精神的。所以我们可以说：嘴巴是肉体的嘴巴，眼睛是精神的嘴巴——二者同是吸收养料的器官。

相异的地方在那里呢？嘴巴的辨别滋味，不必练习。无论哪一个人，只要是生嘴巴的，都能知道滋味的好坏，不必请先生教。所以学校里没有"吃东西"这一项科目。反之，眼睛的辨别美丑，即眼睛的美术鉴赏力，必须经过练习，方才能够进步。所以学校里要特设"图画"这一项科目，用以训练学生的眼睛。眼睛和嘴巴的相异，就在要练习和不要练习这一点上。譬如现在有一桌好菜，都是山珍海味，请一位大艺术家和一位小学生同吃。他们一样地晓得好吃。反之，倘看一幅名画，请大艺术家看，他能完全懂得它的好处。请小学生看，就不能完全懂得，或者莫名其妙。可见嘴巴不要练习，而眼睛必须练习。所以嘴巴的味觉，称为"下等感觉"。眼睛的视觉,称为"高等感觉"。

相关联的地方在那里呢?原来我们吃东西,不仅用嘴巴,同时又兼用眼睛。所以烧一碗菜,油盐酱醋要配得好吃,同时这碗菜的样子也要装得好看。倘使乱七八糟地装一下,即使滋味没有变,但是我们看了心中不快,吃起来滋味也就差一点。反转来说,食物的滋味并不很好,倘使装潢得好看,我们见了,心中先起快感,吃起来滋味也就好一点。

学校里的厨房司务很懂得这个道理。他们做饭菜要偷工减料,常把形式装得很好看。风吹得动的几片肉,盖在白菜面上,排成图案形。两三个铜板一斤的萝卜,切成几何形体,装在高脚碗里,看去好象一盘金钢石。学生走到饭厅,先用眼睛来吃,觉得很好。随后用嘴巴来吃,也就觉得还好。倘使厨房司务不懂得装菜的办法,各地的学校恐怕天天要闹一次饭厅呢。

外国人尤其精通这个方法。洋式的糖果,作种种形式,又用五色纸、金银纸来包裹。拿这种糖请盲子吃,味道一定很平常。但请亮子吃,味道就好得多。因为眼睛帮嘴巴在那里吃,故形式好看的,滋味也就觉得好些。

眼睛不但和嘴巴相关联,又和其他一切感觉相关联。譬如衣服。原来是为了身体温暖而穿的，但同时又求其质料和形式的美观。譬如房子，原来是为了遮蔽风雨而造的，但同时又求其建筑和布置的美观。可知人生不但用眼睛吃东西，又用眼睛穿衣服用眼睛住房子。古人说："人之所以异于禽兽者，几希。"我想，这"几希"恐怕就在眼睛里头。

人因为有这样的一双眼睛，所以人的一切生活，实用之外又必讲求趣味。一切东西，好用之外又求其好看。一匣自来火，一只螺旋钉，也在好用之外力求其好看。这是人类的特性。

人类在很早的时代就具有这个特性。在上古，穴居野处，茹毛饮血的时代，人们早已懂得装饰。他们在山洞的壁上描写野兽的模样，在打猎用的石刀的柄上雕刻图案的花纹，又在自己的身体上施以种种装饰，表示他们要好看；这种心理和行为发达起来，进步起来，就成为"美术"。故美术是为了眼睛的要求而产生的一种文化。

故人生的衣食住行，从表面看来好像和眼睛都没有关系，其实件件都同眼睛有关。越是文明进步的人，眼睛的要求越是大。人人都说"面包问题"是人生的大事。其实人生不单要吃，又要看；不单为嘴巴，又为眼睛；不单靠面包，又靠美术。面包是肉体的食粮，美术是精神的食粮。没有了面包，人的肉体要死。没有了美术，人的精神也要死——人就同禽兽一样。

上面所说的，总而言之，人为了有眼睛，故必须有美术。现在我要继续告诉你们：一切美术，以图画为本位，所以人人应该学习图画。原来美术共有四种，即建筑、雕塑、图画和工艺。建筑就是造房子之类，雕塑就是塑铜像之类，图画不必说明，工艺就是制造什用器具之类。这四种美术，可用两种方法来给它们分类。第一种，依照美术的形式而分类，则建筑、雕刻、工艺，在立体上表现的，叫做"立体美术"。图画，在平面上表现的，叫做"平面美术"。第二种，依照美术的用途而分类，则建筑、雕塑、工艺，大多数除了看看之外又有实用的（譬如住宅供人居住，铜像供人瞻拜，茶壶供人泡茶），叫做"实用美术"。图画，大多数只给人看看，别无实用的，叫做"欣赏美术"。这样看来，图画是平面美术，又是欣赏美术。为什么这是一切美术的本位呢？其理由有二：

第一，因为图画能在平面上作立体的表现，故兼有平面与立体的效果。这是很明显的事，平面的画纸上描一只桌子，望去四只脚有远近。描一条走廊，望去有好几丈长。描一条铁路，望去有好几里远。因为图画有两种方法，能在平面上假装出立体来，其方法叫做"远近法"和"阴影法"。用了远近法，一寸长的线可以看成好几里路。用了阴影法，平面的可以看成凌空。故图画虽是平面的表现，却包括立体的研究。所以学建筑、学雕塑的人，必须先从学图画入手。美术学校里的建筑科、雕塑科，第一年的课程仍是图画，以后亦常常用图画为辅助。反之，学图画的人，就不必兼学建筑或雕塑。

第二，因为图画的欣赏可以应用在实际生活上，故图画兼有欣赏与实用的效果。譬如画一只苹果，一朵花，这些画本身原只能看看，毫无实用。但研究了苹果的色彩，可以应用在装饰图案上；研究了花瓣的线条，可以应用在磁器的形式上。所以欣赏不是无用的娱乐，乃是间接的实用。所以学校里的图画科，尽管画苹果、香蕉、花瓶、茶壶等没有用处的画，但由此所得的眼睛的练习，却受用无穷。

因了这两个理由——图画在平面中包括立体，在欣赏中包括实用——所以图画是一切美术的本位。我们要有美术的修养，只要练习图画就是。但如何练习，倒是一件重要的事,要请大家注意。上面说过,图画兼有欣赏与实用两种效果。欣赏是美的,实用是真的,故图画练习必要兼顾"真"和"美"这两个条件。具体地说:譬如描一瓶花,要仔细观察花、叶、瓶的形状、大小、方向、色彩,不使描错。这是"真"的方面的工夫。同时又须巧妙地配合,巧妙地布置,使它妥帖。这是"美"的方面的工夫。换句话说,我们要把这瓶花描得像真物一样,同时又要描得美观。再换一句话说,我们要模仿花、叶、瓶的形状色彩,同时又要创造这幅画的构图。总而言之,图画要兼重描写和配置、肖似和美观、模仿和创作,即兼有真和美。偏废一方面的,就不是正当的练习法。

在中国,图画观念错误的人很多。其错误就由于上述的真和美的偏废而来,故有两种。

第一种偏废美的,把图画看作照相,以为描画的目的但求描得细致,描得像真的东西一样。称赞一幅画好,就说"描得很像"。批评一幅画坏,就说"描得不像"。这就是求真而不求美,但顾实用而不顾欣赏,是错误的。图画并非不要描得像,但像之外又要它美。没有美而只有像,顶多只抵得一张照相。现在照相机很便宜,三五块钱也可以买一只。我们又何苦费许多宝贵的钟头来把自己的头脑造成一架只值三五块钱的照相机呢？这是偏废了美的错误。

第二种，偏废真的，把图画看作"琴棋书画"的画。以为"画画儿"，是一种娱乐，是一种游戏，是消遣的。于是上图画课的时候，不肯出力，只思享乐。形状还描不正确，就要讲画意。颜料还不会调，就想制作品。这都是把图画看作"琴棋书画"的画的原故。原来弹琴、写字、描画，都是高深的艺术。不知那一个古人，把"下棋"这种玩意儿凑在里头，于是琴、书、画三者都带了娱乐的、游戏的、消遣的性质，降低了它们的地位，这实在是亵渎艺术！"下棋"这一件事，原也很难；但其效用也不过像叉麻雀，消磨光阴，排遣无聊而已，不能同音乐、绘画、书法排在一起。倘使下棋可算是艺术，叉麻雀也变成艺术，学校里不妨添设一科"麻雀"了。但我国有许多人，的确把音乐、图画看成与麻雀相近的东西。这正是"琴棋书画"四个字的流弊。现代的青年，非改正这观念不可。

图画为什么和下棋、叉麻雀不同呢？就是为了图画有一种精神——图画的精神，可以陶冶我们的心。

这就是拿描图画一样的真又美的精神来应用在人的生

活上。怎样应用呢？我们可拿数学来作比方：数学的四则问题中，有龟鹤问题：龟鹤同住在一个笼里，一共几个头，几只脚，求龟鹤各几只？又有年龄问题：几年前父年为子年的几倍，几年后父年为子年的几倍？这种问题中所讲的事实，在人生中难得逢到。有谁高兴真个把乌龟同鹤关在一只笼子里，教人猜呢？又有谁真个要算父年为子年的几倍呢？这原不过是要借这种奇奇怪怪的问题来训练人的头脑，使头脑精密起来。然后拿这精密的头脑来应用在人的一切生活上。

我们又可拿体育来比方，体育中有跳高、跳远、掷铁球、掷铁饼等武艺。这在我们的日常生活中也很少用处。有谁常要跳高、跳远，有谁常要掷铁球、铁饼呢？这原不过是要借这种武艺来训练人的体格，使体格强健起来。然后拿这强健的体格去做人生一切的事业。

图画就同数学和体育一样。人生不一定要画苹果、香蕉、花瓶、茶壶。原不过要借这种研究来训练人的眼睛，使眼睛正确而又敏感，真而又美。然后拿这真和美来应用在人的物质生活上，使衣食住行都美化起来；应用在人的精神生活上，使人生的趣味丰富起来。这就是所谓"艺术的陶冶"。

图画原不过是"看看"的。但因为眼睛是精神的嘴巴，美术是精神的粮食，图画是美术的本位，故"看看"这件事在人生竟有了这般重大的意义。今天在收音机旁听我讲演的人，一定大家是有一双眼睛的，请各自体验一下，看我的话有没有说错。

艺术常被人视为娱乐的、消遣的玩物，故艺术的效果也就只是娱乐与消遣而已。有人反对此说，为艺术辩护，说艺术是可以美化人生，陶冶性灵的。但他们所谓"美化人生"，往往只是指房屋、衣服的装饰；他们所谓"陶冶性灵"，又往往是附庸风雅之类的浅见。结果把艺术看作一种虚空玄妙、不着边际的东西。这都是没有确实地认识艺术的效果之故。

艺术及于人生的效果，其实是很简明的：不外乎吾人面对艺术品时直接兴起的作用，及研究艺术之后间接受得的影响。前者可称为艺术的直接效果，后者可称为艺术的间接效果。即前者是"艺术品"的效果，后者是"艺术精神"的效果。

直接效果，就是我们创作或鉴赏艺术品时所得的乐趣。这乐趣有两方面，第一是自由，第二是天真。试分述之：研究艺术（创作或欣赏），可得自由的乐趣。因为我们平日的生活，都受环境的拘束。所以我们的心不得自由舒展，我们对付人事，要谨慎小心，辨别是非，打算得失。我们的心境，大部分的时间是戒严的。惟有学习艺术的时候，心境可以解严，把自己的意见、希望与理想自由地发表出来。这时候，我们享受一种快慰，可以调剂平时生活的苦闷。例如世间的美景，是人们所喜爱的。但是美景不能常出现。我们的生活的牵制又不许我们常去找求美景。我们心中要看美景，而实际上不得不天天厕身在尘嚣的都市里，与平凡、污旧而看厌了的环境相对。于是我们要求绘画了。我们可在绘画中自由描出所希望的美景。雪是不易保留的，但我们可使它终年不消，又并不冷。虹是转瞬就消失的，但我们可使它永远常存，在室中，在晚上，也都可以欣赏。鸟见人要飞去的，但我们可以使它永远停在枝头，人来了也不惊。大瀑布是难得见的，但我们可以把它移到客堂间或寝室里来。上述的景物无论自己描写，或欣赏别人的描写，同样可以给人心一种快慰，即解放、自由之乐。这是就绘画讲的。更就文学中看：文学是时间艺术，比绘画更为生动。故我们在文学中可以更自由地高歌人生的悲欢，以遣除实际生活的苦闷。例如我们这世间常有饥寒的苦患，我们想除掉它，而事实上未能

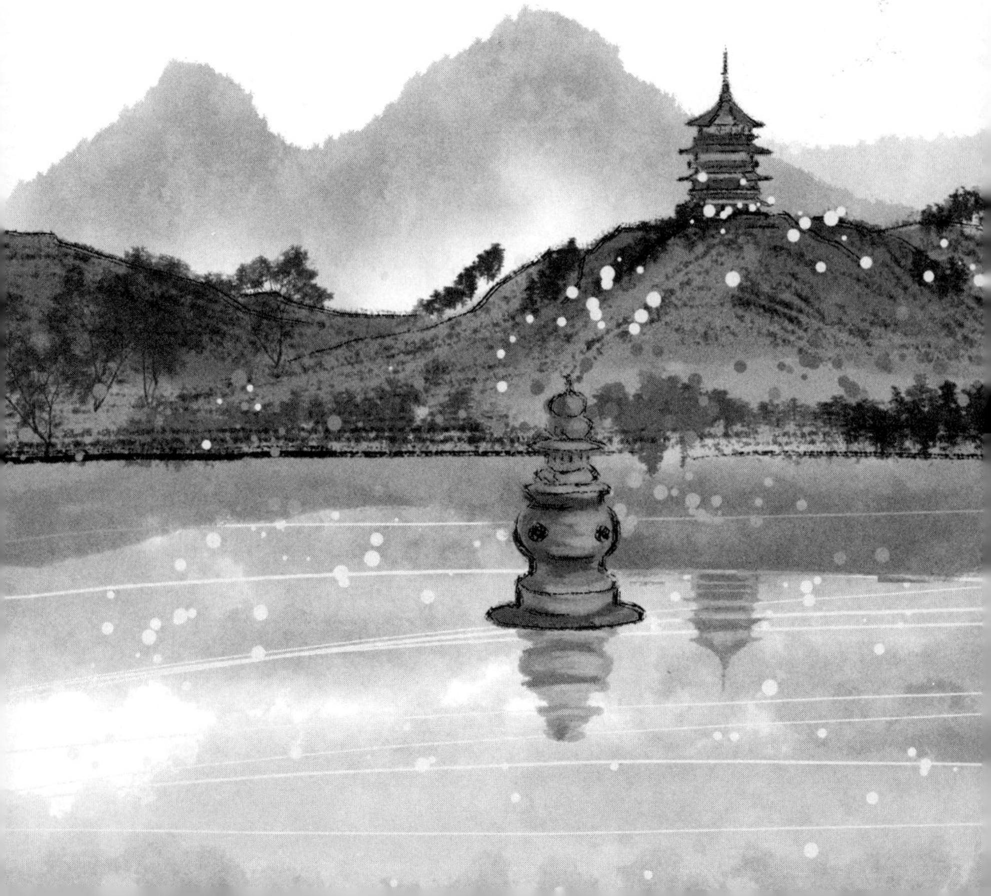

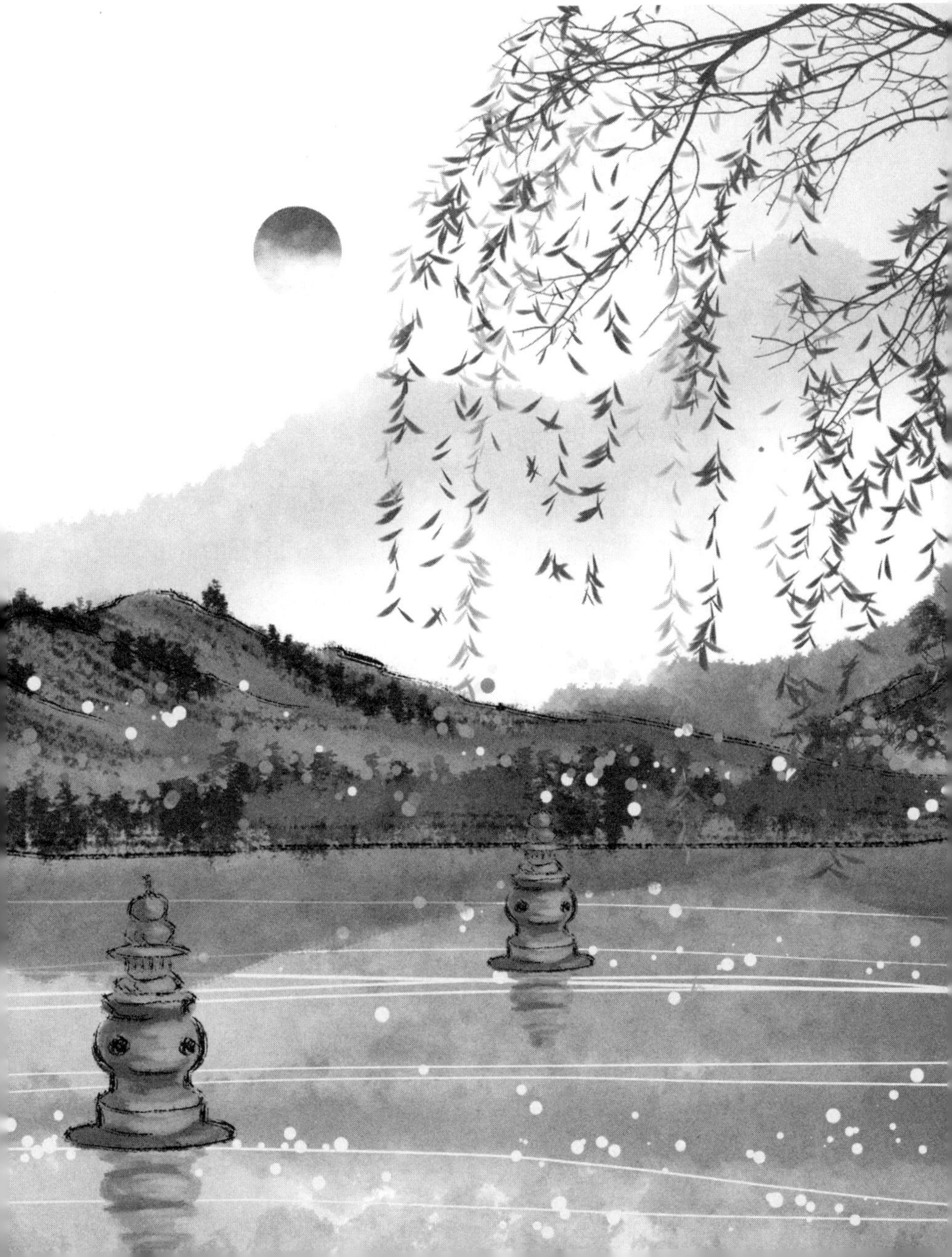

做到。于是在文学中描写丰足之乐，使人看了共爱，共勉，共图这幸福的实现。古来无数描写田家乐的诗便是其例。又如我们的世间常有战争的苦患。我们想劝世间的人不要互相侵犯，大家安居乐业，而事实上不能做到。于是我们就在文学中描写理想的幸福的社会生活，使人看了共爱，共勉，共图这种幸福的实现。陶渊明的《桃花源记》，便是一例。我们读到"豁然开朗，土地平旷，屋舍俨然。有良田美池桑竹之属。阡陌交通，鸡犬相闻。……黄发垂髫，并怡然自乐"等文句，心中非常欢喜，仿佛自己做了渔人或桃花源中的一个住民一样。我们还可在这等文句外，想象出其他的自由幸福的生活来，以发挥我们的理想。有人说这些文学是画饼充饥，聊以自慰而已。其实不然，这是理想的实现的初步。空想与理想不同。空想原是游戏似的，理想则合乎理性。只要方向不错，理想不妨高远。理想越高远，创作欣赏时的自由之乐越多。

其次，研究艺术，可得天真的乐趣。我们平日对于人生自然，因为习惯所迷，往往不能见到其本身的真相。惟有在艺术中，我们可以看见万物的天然的真相。例如我们看见朝阳，便想道，这是教人起身的记号。看见田野，便想道，这是人家的不动产。看见牛羊，便想道，这是人家的牲口。看见苦人，便想道，他是穷的原故。在习惯中看来，这样的思想，原是没有错误的；然而都不是这些事象的本身的真相。因为除去了习惯，这些都是不可思议的现象，岂可如此简单地武断？朝阳，分明是何等光明灿烂，神秘伟大的自然现象！岂是为了教人起身而设的记号？田野，分明是自然风景的一部分，与人家的产业何关？牛羊，分明自有其生命的意义，岂是为给人家杀食而生的？穷人分明是同样的人，为什么偏要受苦呢？原来造物主创造万物，各正性命，各自有存在的意义，当初并非以人类为主而造。后来"人类"这种动物聪明进步起来，霸占了这地球，利用地球上的其他物类来供养自己。久而久之，成为习惯，便假定万物是为人类而设的；果实是供人采食而生的，牛羊是供人杀食而生的，日月星辰是为人报时而设的；甚而至于在人类自己的内部，也由习惯假造出贫富贵贱的阶级来，大家视为当然。这样看来，人类这种动物，已被习惯所迷，而变成单相思的状态，犯了自大狂的毛病了。这样说来，我们平日对于人生自然，怎能看见其本身的真相呢？艺术好比是一种治单相思与自大狂的良药。惟有在艺术中，人类解除了一切习惯的迷障，而表现天地万物本身的真相。画中的朝阳，庄严伟大，永存不灭，才是朝阳自己的真相。画中的田野，有山容水态，绿笑红颦，才是大地自己的姿态。美术中的牛羊，能忧能喜，有意有情，才是牛羊自己的生命。诗文中的贫士、贫女，如冰如霜，如玉如花，超然于世故尘网之外，这才是人类本来的真面目。所以说，我们惟有在艺术中可以看见万物的天然的真相。我们打破了日常生活的传统习惯的思想而用全新至净的眼光来创作艺术、欣赏艺术的时候，我们的心境豁然开朗，自由自在，天真烂漫。好比做了六天工作逢到一个星期日，这时候才感到自己的时间的自由。又好比长夜大梦一觉醒来，这时候才回复到自己的真我。所以说，我们创作或鉴赏艺术，可得自由与天真的乐趣，这是艺术的直接的效果，即艺术品及于人心的效果。

间接的效果，就是我们研究艺术有素之后，心灵所受得的影响，换言之，就是体得了艺术的精神，而表现此精神于一切思想行为之中。这时候不需要艺术品，因为整个人生已变成艺术品了。这效果的范围很广泛，简要地说，可指出两点：第一是远功利，第二是归平等。

如前所述，我们对着艺术品的时候，心中撤去传统习惯的拘束，而解严开放，自由自在，天真烂漫。这种经验积得多了，我们便会酌取这种心情来对付人世之事，就是在可能的范围内，把人世当作艺术品看。我们日常对付人世之事，如前所述，常是谨慎小心，辨别是非，打算得失的。换言之，即常以功利为第一念的。人生处世，功利原不可不计较，太不计较是不能生存的。但一味计较功利，直到老死，人的生活实在太冷酷而无聊，人的生命实在太廉价而糟蹋了。所以在不妨碍现实生活的范围内，能酌取艺术的非功利的心情来对付人世之事，可使人的生活温暖而丰富起来，人的生命高贵而光明起来。所以说，远功利，是艺术修养的一大效果。例如对于雪，用功利的眼光看，既冷且湿，又不久留，是毫无用处的。但倘能不计功利，这一片银世界实在是难得的好景，使我们的心眼何等地快慰！即使人类社会不幸，有人在雪中挨冻，也能另给我们一种艺术的感兴，像白居易的讽喻诗等。但与雪的美无伤，因为雪的美是常，社会的不幸是变，我们只能以常克变，不能以变废常的。又如瀑布，不妨利用它来舂米或发电，作功利的打算。但不要使人为的建设妨碍天然的美，作杀风景的行为。又如田野，功利地看来，原只是作物的出产地，衣食的供给处。但从另一方面看，这实在是一种美丽的风景区。懂得了这看法，我们对于阡陌、田园，以至房屋、市街，都能在实用之外讲求其美观，可使世间到处都变成风景区，给我们的心眼以无穷的快慰。而我们的耕种的劳作，也可因这非功利的心情而增加兴趣。陶渊明《躬耕》诗有句云："虽未量岁功，即事多所欣"，便是在功利的工作中酌用非功利的态度的一例。

　　最后要讲的艺术的效果，是归平等。我们平常生活的心，与艺术生活的心，其最大的异点，在于物我的关系上。平常生活中，视外物与我是对峙的。艺术生活中，视外物与我是一体的。对峙则物与我有隔阂，我视物有等级。一体则物与我无隔阂，我视物皆平等。故研究艺术，可以养成平等观。艺术心理中有一种叫做"感情移入"的（德名Einfüluny，英名Empathy），在中国画论中，即所谓"迁想妙得"。就是把我的心移入于对象中，视对象为与我同样的人。于是禽兽、草木、山川、自然现象，皆有情感，皆有生命。所以这看法称为"有情化"，又称为"活物主义"。画家用这看法观看世间，则其所描写的山水花卉有生气，有神韵。中国画的最高境"气韵生动"，便是由这看法而达得的。不过画家用形象、色彩来把形象有情化，是暗示的；即但化其神，不化其形的。故一般人不易看出。诗人用言语来把物象有情化，明显地直说，就容易看出。例如禽兽，用日常的眼光看，只是愚蠢的动物。但用诗的眼光看，都是有理性的人。如古人诗曰："年丰牛亦乐，随意过前村。"又曰："惟有旧巢燕，主人贫亦归。"推广一步，植物亦皆有情。故曰："岸花飞送客，樯燕语留人。"又曰："可怜汶上柳，相见也依依。"并推广一步，矿物亦皆有情。故曰："相看两不厌，只有敬亭山。"又曰："人心胜潮水，相送过浔阳。"更推广一步，自然现象亦皆有情。故曰："举杯邀明月，对影成三人。"又曰："春风知别苦，不遣柳条青。"此种诗句中所咏的各物，如牛、燕、岸花、汶上柳、敬亭山、潮水、明月、春风等，用物我对峙的眼光看，皆为异类。但用物我一体的眼光看，则均是同群，均能体恤人情，可以相见、相看、相送，甚至于对饮。这是艺术上最可贵的一种心境。习惯了这种心境，而酌量应用这态度于日常生活上，则物我对敌之势可去，自私自利之欲可熄，而平等博爱之心可长，一视同仁之德可成。就事例而讲：前述的乞丐，你倘用功利心、对峙心来看，这人与你不关痛痒，对你有害无利；急宜远而避之，叱而去之。若有人说你不慈悲，你可振振有词："我有钞票，应该享福；他没有钱，应该受苦，与我何干？"世间这样存心的人很多。这都是功利迷心，我欲太深之故。你倘能研究几年艺术，从艺术精神上学得了除去习惯的假定，撤去物我的隔阂的方面而观看，便见一切众生皆平等，本无贫富与贵贱。乞丐并非为了没有钞票而受苦，实在是为了人心隔阂太深，人间不平等而受苦。唐朝的诗人杜牧有幽默诗句云："公道世间惟白发，贵人头上不曾饶。"看似滑稽，却很严肃。白发是天教生的，可见天意本来平等，不平等是后人造作的。学艺术是要恢复人的天真。

1941年1月20日作

美术与生活

(文 / 梁启超)

诸君！我是不懂美术的人，本来不配在此讲演。但我虽然不懂美术，却十分感觉美术之必要。好在今日在座诸君，和我同一样的门外汉谅也不少。我并不是和懂美术的人讲美术，我是专要和不懂美术的人讲美术。因为人类固然不能个个都做供给美术的"美术家"，然而不可不个个都做享用美术的"美术人"。

"美术人"这三个字是我杜撰的，谅来诸君听着很不顺耳。但我确信美是人类生活一素——或者还是各种要素中之最要者，倘若在生活全内容中把"美"的成分抽出，恐怕便活得不自在甚至活不成！中国向来非不讲美术——而且还有很好的美术，但据多数人见解，总以为美术是一种奢侈品，从不肯和布帛菽粟一样看待，认为生活必需品之一。我觉得中国人生活之不能向上，大半由此。所以今日要标"美术与生活"这题，特和诸君商榷一回。

问人类生活于什么？我便一点不迟疑答道："生活于

趣味。"这句话虽然不敢说把生活全内容包举无遗,最少也算把生活根芽道出。人若活得无趣,恐怕不活着还好些,而且勉强活也活不下去。人怎样会活得无趣呢?第一种,我叫它做石缝的生活。挤得紧紧的没有丝毫开拓余地。又好像披枷带锁,永远走不出监牢一步。第二种,我叫它做沙漠的生活:干透了没有一毫润泽,板死了没有一毫变化。又好像蜡人一般,没有一点血色;又好像一株枯树,庾子山说的"此树婆娑,生意尽矣"。这种生活是否还能叫做生活,实属一个问题。所以我虽不敢说趣味便是生活,然而敢说没趣便不成生活。

趣味之必要既已如此,然则趣味之源泉在哪里呢?依我看有三种。

第一,对境之赏会与复现。人类任操何种卑下职业,任处何种烦劳境界,要之总有机会和自然之美相接触——所谓水流花放,云卷月明,美景良辰,赏心乐事。只要你在一刹那间领略出来,可以把一天的疲劳忽然恢复,把烦恼丢在九霄云外。倘若能把这些影像印在脑里头令它不时复现,每复现一回,亦可以发生与初次领略时同等或仅较差的效用。人类想在这种尘劳世界中得有趣味,这便是一条路。

第二，心态之抽出与印契。人类心理，凡遇着快乐的事，把快乐状态归拢一想，越想便越有味，或别人替我指点出来，我的快乐程度也增加。凡遇着苦痛的事，把苦痛倾筐倒箧吐露出来，或别人能够看出我苦痛替我说出，我的苦痛程度反会减少。不唯如此，看出说出别人的快乐，也增加我的快乐；替别人看出说出苦痛，也减少我的苦痛。这种道理，因为各人的心都有个微妙的所在，只要搔着痒处，便把微妙之门打开了，那种愉快，真是得未曾有，所以俗话叫做"开心"。我们要求趣味，这又是一条路。

第三，他界之冥构与驀进。对于现在环境不满，是人类普通心理，其所以能进化者亦在此。就令没有什么不满，然而在同一环境下生活久了，自然也会生厌。不满尽管不满，生厌尽管生厌，然而脱离不掉它，这便是苦恼根源。然则怎样救济法呢？肉体上的生活，虽然被现实的环境捆死了，精神上的生活，却常常对于环境宣告独立，或想到将来希望如何如何，或想到别个世界，例如文学家的桃源、哲学家的乌托邦、宗教家的天堂净土如何如何。忽然间超越现实界，闯入理想界去，便是那人的自由天地。我们欲求趣味，这又是一条路。

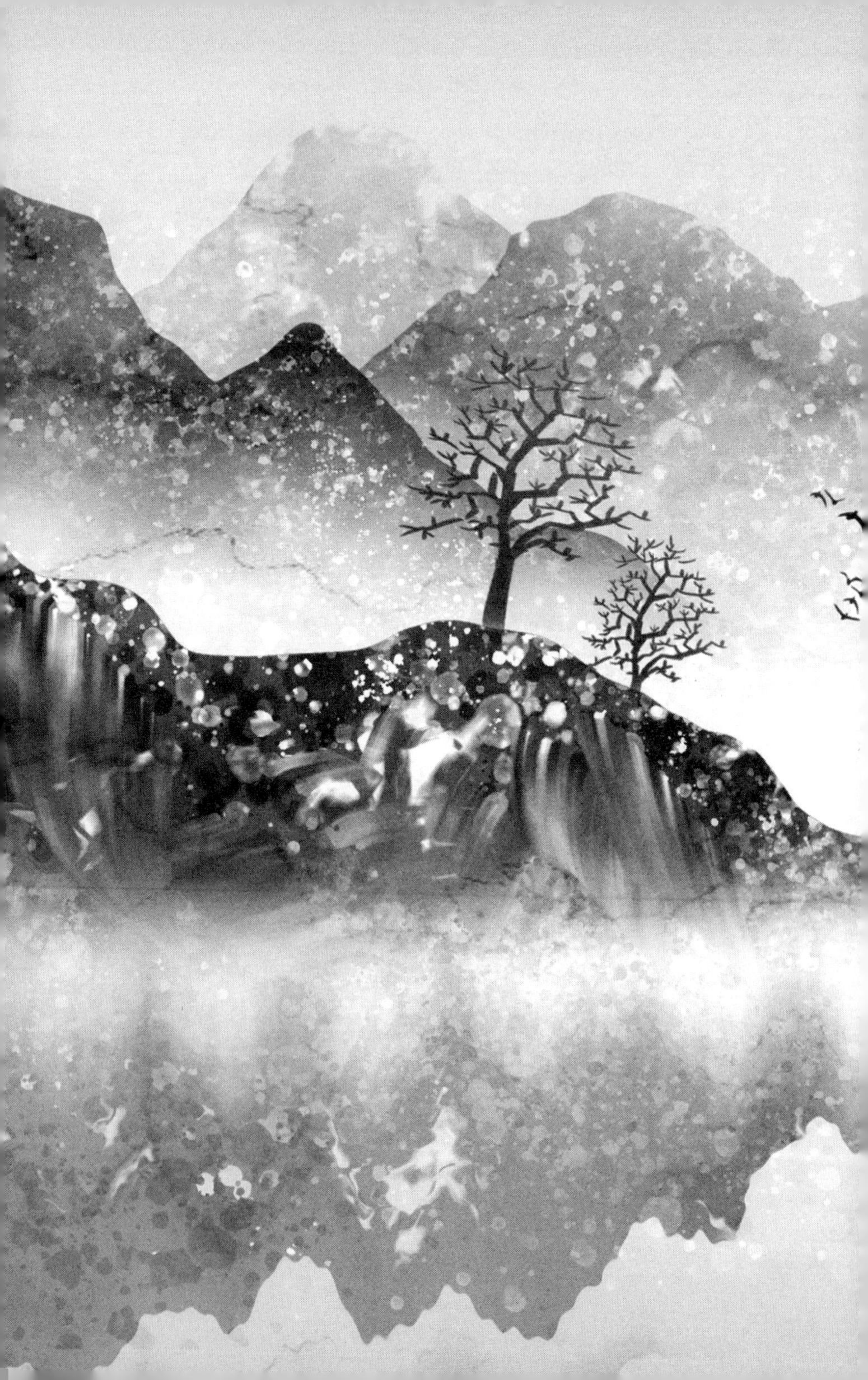

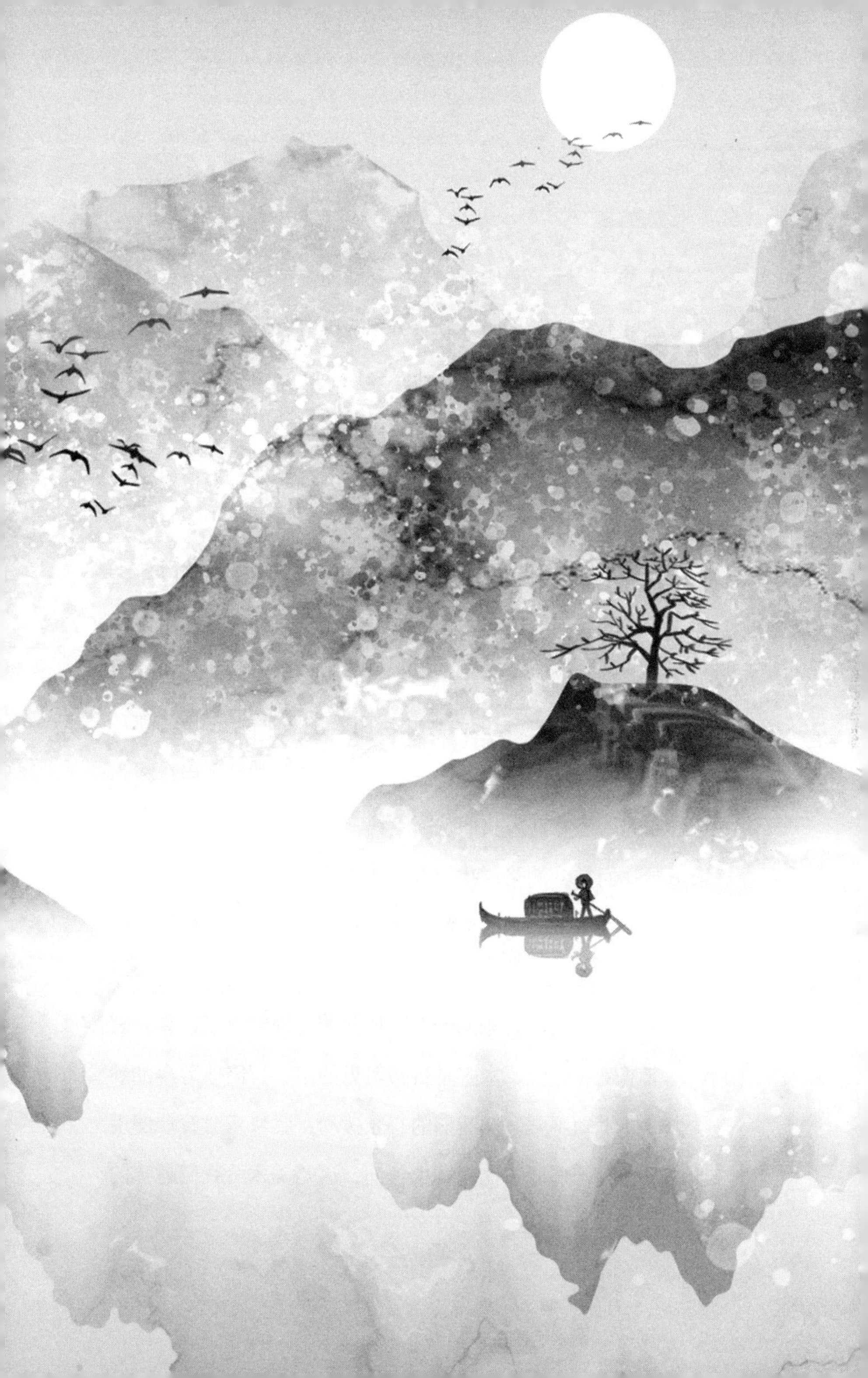

这三种趣味，无论何人都会发动的。但因各人感觉器官用得熟与不熟，以及外界帮助引起的机会有无多少，于是趣味享用之程度，生出无量差别。感觉器官敏则趣味增。感觉器官钝则趣味减；诱发机缘多则趣味强，诱发机缘少则趣味弱。专从事诱发以刺激各人器官迟钝的有三种利器：一是文学，二是音乐，三是美术。

今专从美术讲：美术中最主要的一派，是描写自然之美，常常把我们所曾经赏会或像是曾经赏会的都复现出来。我们过去赏会的影子印在脑中，因时间之经过渐渐淡下去，终必有不能复现之一日，趣味也跟着消灭了。一幅名画在此，看一回便复现一回，这画存在，我的趣味便永远存在。不唯如此，还有许多我们从前不注意赏会不出的，他都写出来指导我们赏会的路，我们多看几次，便懂得赏会方法，往后碰着种种美境，我们也增加许多赏会资料了，这是美术给我们趣味的第一件。

美术中有刻画心态的一派，把人的心理看穿了，喜怒哀乐，都活跳在纸上。本来是日常习见的事，但因他写得惟妙惟肖，便不知不觉间把我们的心弦拨动，我快乐时看他便增加快乐，我苦痛时看他便减少苦痛，这是美术给我们趣味的第二件。

美术中有不写实境实态而纯凭理想构造而成的。有时我们想构一境，自觉模糊断续不能构成，被他都替我表现了。而且他所构的境界种种色色有许多为我们所万想不到；而且他所构的境界优美高尚，能把我们卑下平凡的境界压下去。他有魔力，能引我们跟着他走，闯进他所到之地。我们看他的作品时，便和他同往一个超越的自由天地。这是美术给我们趣味的第三件。

要而论之，审美本能，是我们人人都有的。但感觉器官不常用或不会用，久而久之麻木了。一个人麻木，那人便成了没趣的人。一民族麻木，那民族便成了没趣的民族。美术的功用，在把这种麻木状态恢复过来，令没趣变为有趣。换句话说，是把那渐渐坏掉了的爱美胃口，替他复原，令他常常吸收趣味的营养，以维持增进自己的生活康健。明白这种道理，便知美术这样东西在人类文化系统上该占何等位置了。

以上是专就一般人说。若就美术家自身说，他们的趣味生活，自然更与众不同了。他们的美感，比我们锐敏若干倍，正如《牡丹亭》说的"我常一生儿爱好是天然"。我们领略不着的趣味，他们都能领略。领略够了，终把些唾余分赠我们，分赠了我们，他们自己并没有一毫破费，正如老子说的"既以为人己愈有，既以与人己愈多"。假使"人生生活于趣味"这句话不错，他们的生活真是理想生活了。

今日的中国，一方面要多出些供给美术的美术家，一方面要普及养成享用美术的美术人。这两件事都是美术专门学校的责任。然而该怎样地督促赞助美术专门学校叫它完成这责任，又是教育界乃全一般市民的责任。

我们对于一棵古松的三种态度：实用的、科学的、美感的

（文 / 朱光潜）

我刚才说，一切事物都有几种看法。你说一件事物是美的或是丑的，这也只是一种看法。换一个看法，你说它是真的或是假的；再换一种看法，你说它是善的或是恶的。同是一件事物，看法有多种，所看出来的现象也就有多种。

比如园里那一棵古松，无论是你是我或是任何人一看到它，都说它是古松。但是你从正面看，我从侧面看，你以幼年人的心境去看，我以中年人的心境去看，这些情境和性格的差异都能影响到所看到的古松的面目。古松虽只是一件事物，你所看到的和我所看到的古松却是两件事。假如你和我各把所得的古松的印象画成一幅画或是写成一首诗，我们俩艺术手腕尽管不分上下，你的诗和画与我的诗和画相比较，却有许多重要的异点。这是什么缘故呢？这就由于知觉不完全是客观的，各人所见到的物的形象都带有几分主观的色彩。

假如你是一位木商，我是一位植物学家，另外一位朋

友是画家，三人同时来看这棵古松。我们三人可以说同时都"知觉"到这一棵树，可是三人所"知觉"到的却是三种不同的东西。你脱离不了你的木商的心习，你所知觉到的只是一棵做某事用值几多钱的木料。我也脱离不了我的植物学家的心习，我所知觉到的只是一棵叶为针状、果为球状、四季常青的显花植物。我们的朋友画家什么事都不管，只管审美，他所知觉到的只是一棵苍翠劲拔的古树。我们三人的反应态度也不一致。你心里盘算它是宜于架屋或是制器，思量怎样去买它，砍它，运它。我把它归到某类某科里去，注意它和其他松树的异点，思量它何以活得这样老。我们的朋友却不这样东想西想，他只在聚精会神地观赏它的苍翠的颜色，它的盘屈如龙蛇的线纹以及它的昂然高举、不受屈挠的气概。

从此可知这棵古松并不是一件固定的东西，它的形象随观者的性格和情趣而变化。各人所见到的古松的形象都是各人自己性格和情趣的返照。古松的形象一半是天生的，一半也是人为的。极平常的知觉都带有几分创造性；极客观的东西之中都有几分主观的成分。

美也是如此。有审美的眼睛才能见到美。这棵古松对于我们的画画的朋友是美的，因为他去看它时就抱了美感的态度。你和我如果也想见到它的美，你须得把你那种木商的实用的态度丢开，我须得把植物学家的科学的态度丢开，专持美感的态度去看它。

这三种态度有什么分别呢？

先说实用的态度。做人的第一件大事就是维持生活。既要生活，就要讲究如何利用环境。"环境"包含我自己以外的一切人和物在内，这些人和物有些对于我的生活有益，有些对于我的生活有害，有些对于我不关痛痒。我对于他们于是有爱恶的情感，有趋就或逃避的意志和活动。这就是实用的态度。实用的态度起于实用的知觉，实用的知觉起于经验。小孩子初出世，第一次遇见火就伸手去抓，被它烧痛了，以后他再遇见火，便认识它是什么东西，便明了它是烧痛手指的，火对于他于是有意义。事物本来都是很混乱的，人为便利实用起见，才像被火烧过的小孩子根据经验把四围事物分类立名，说天天吃的东西叫做"饭"，天天穿的东西叫做"衣"，某种人是朋友，某种人是仇敌，于是事物才有所谓"意义"。意义大半都起于实用。在许多人看，衣除了是穿的，饭除了是吃的，女人除了是生小孩的一类意义之外，便寻不出其他意义。所谓"知觉"，就是感官接触某种人或物时心里明了他的意义。明了他的意义起初都只是明了他的实用。明了实用之后，才可以对他起反应动作，或是爱他，或是恶他，或是求他，或是拒他。木商看古松的态度便是如此。

科学的态度则不然。它纯粹是客观的，理论的。所谓客观的态度就是把自己的成见和情感完全丢开，专以"无所为而为"的精神去探求真理。理论是和实用相对的。理论本来可以见诸实用，但是科学家的直接目的却不在于实用。科学家见到一个美人，不说我要去向她求婚，她可以替我生儿子，只说我看她这人很有趣味，我要来研究她的生理构造，分析她的心理组织。科学家见到一堆粪，不说它的气味太坏，我要掩鼻走开，只说这堆粪是一个病人排泄的，我要分析它的化学成分，看看有没有病菌在里面。科学家自然也有见到美人就求婚、见到粪就掩鼻走开的时候，但是那时候他已经由科学家还到实际人的地位了。科学的态度之中很少有情感和意志，它的最重要的心理活动是抽象的思考。科学家要在这个混乱的世界中寻出事物的关系和条理，纳个物于概念，从原理演个例，分出某者为因，某者为果，某者为特征，某者为偶然性。植物学家看古松的态度便是如此。

　　木商由古松而想到架屋、制器、赚钱等等，植物学家由古松而想到根茎花叶、日光水分等等，他们的意识都不能停止在古松本身上面。不过把古松当作一块踏脚石，由它跳到和它有关系的种种事物上面去。所以在实用的态度中和科学的态度中，所得到的事物的意象都不是独立的、绝缘的，观者的注意力都不是专注在所观事物本身上面的。注意力的集中，意象的孤立绝缘，便是美感的态度的最大特点。比如我们的画画的朋友看古松，他把全副精神都注在松的本身上面，古松对于他便成了一个独立自足的世界。他忘记他的妻子在家里等柴烧饭，他忘记松树在植物教科书里叫做显花植物，总而言之，古松完全占领住他的意识，古松以外的世界他都视而不见、听而不闻了。他只把古松摆在心眼面前当作一幅画去玩味。他不计较实用，所以心中没有意志和欲念；他不推求关系、条理、因果等等，所以不用抽象的思考。这种脱净了意志和抽象思考的心理活动叫做"直觉"，直觉所见到的孤立绝缘的意象叫做"形象"。美感经验就是形象的直觉，美就是事物呈现形象于直觉时的特质。

　　实用的态度以善为最高目的，科学的态度以真为最高目的，美感的态度以美为最高目的。在实用态度中，我们的注意力偏在事物对于人的利害，心理活动偏重意志；在科学的态度中，我们的注意力偏在事物间的互相关系，心理活动偏重抽象的思考；在美感的态度中，我们的注意力专在事物本身的形象，心理活动偏重直觉。真善美都是人所定的价值，不是事物所本有的特质。离开人的观点而言，事物都混然无别，善恶、真伪、美丑就漫无意义。真善美都含有若干主观的成分。

就"用"字的狭义说，美是最没有用处的。科学家的目的虽只在辨别真伪，他所得的结果却可效用于人类社会。美的事物如诗文、图画、雕刻、音乐等等都是寒不可以为衣，饥不可以为食的。从实用的观点看，许多艺术家都是太不切实用的人物。然则我们又何必来讲美呢？人性本来是多方的，需要也是多方的。真善美三者俱备才可以算是完全的人。人性中本有饮食欲，渴而无所饮，饥而无所食，固然是一种缺乏；人性中本有求知欲而没有科学的活动，本有美的嗜好而没有美感的活动，也未始不是一种缺乏。真和美的需要也是人生中的一种饥渴——精神上的饥渴。疾病衰老的身体才没有口腹的饥渴。同理，你遇到一个没有精神上的饥渴的人或民族,你可以断定他的心灵已到了疾病衰老的状态。

人所以异于其他动物的就是于饮食男女之外还有更高尚的企求,美就是其中之一。是壶就可以贮茶,何必又求它形式、花样、颜色都要好看呢?吃饱了饭就可以睡觉,何必又呕心血去做诗、画画、奏乐呢?"生命"是与"活动"同义的,活动愈自由生命也就愈有意义。人的实用的活动全是有所为而为,是受环境需要限制的;人的美感的活动全是无所为而为,是环境不需要他活动而他自己愿意去活动的。在有所为而为的活动中,人是环境需要的奴隶;在无所为而为的活动中,人是自己心灵的主宰。这是单就人说,就物说呢,在实用的和科学的世界中,事物都借着和其他事物发生关系而得到意义,到了孤立绝缘时就都没有意义;但是在美感世界中它却能孤立绝缘,却能在本身现出价值。照这样看,我们可以说,美是事物的最有价值的一面,美感的经验是人生中最有价值的一面。

许多轰轰烈烈的英雄和美人都过去了,许多轰轰烈烈的成功和失败也都过去了,只有艺术作品真正是不朽的。数千年前的《采采卷耳》和《孔雀东南飞》的作者还能在我们心里点燃很强烈的火焰,虽然在当时他们不过是大皇帝脚下

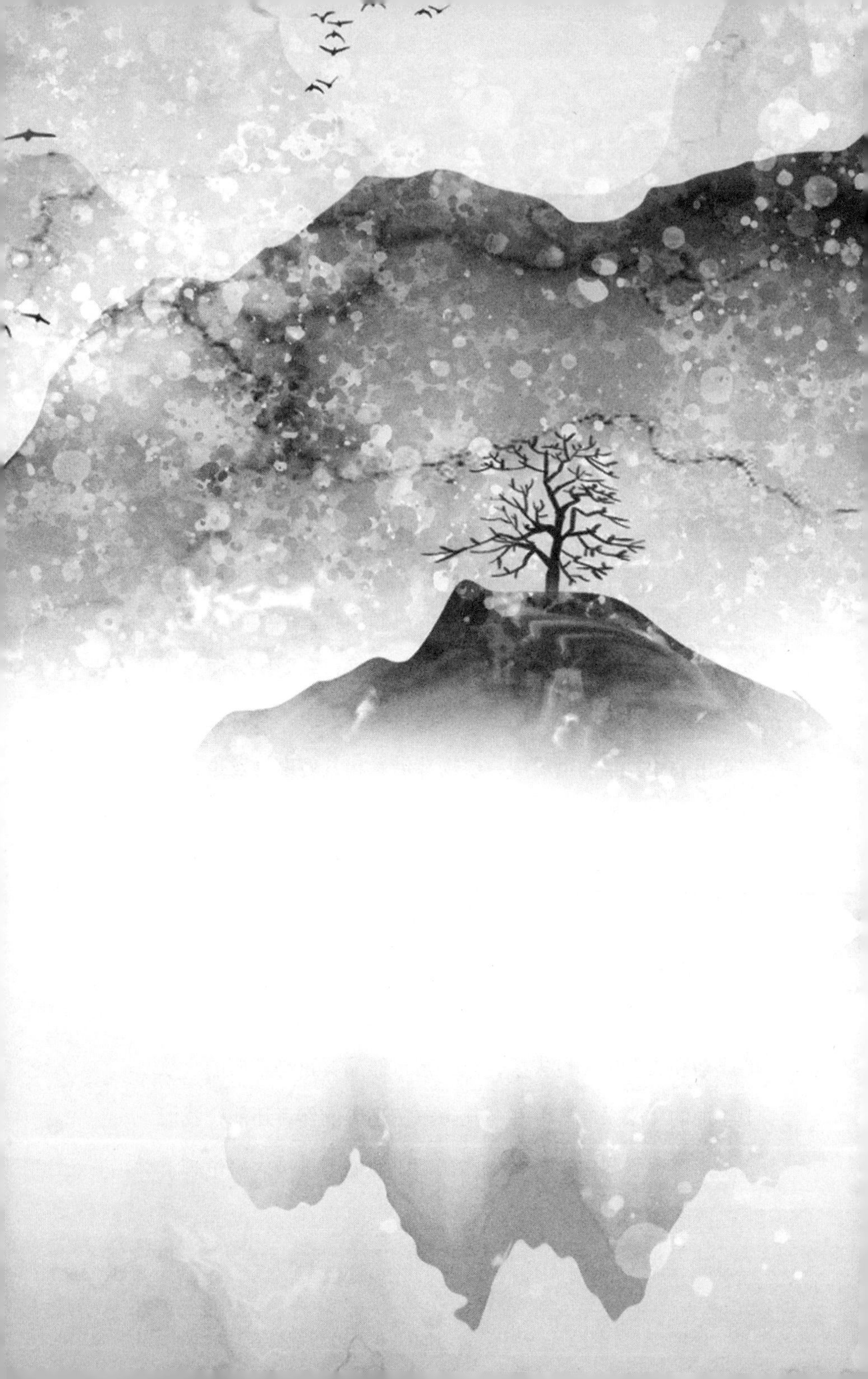

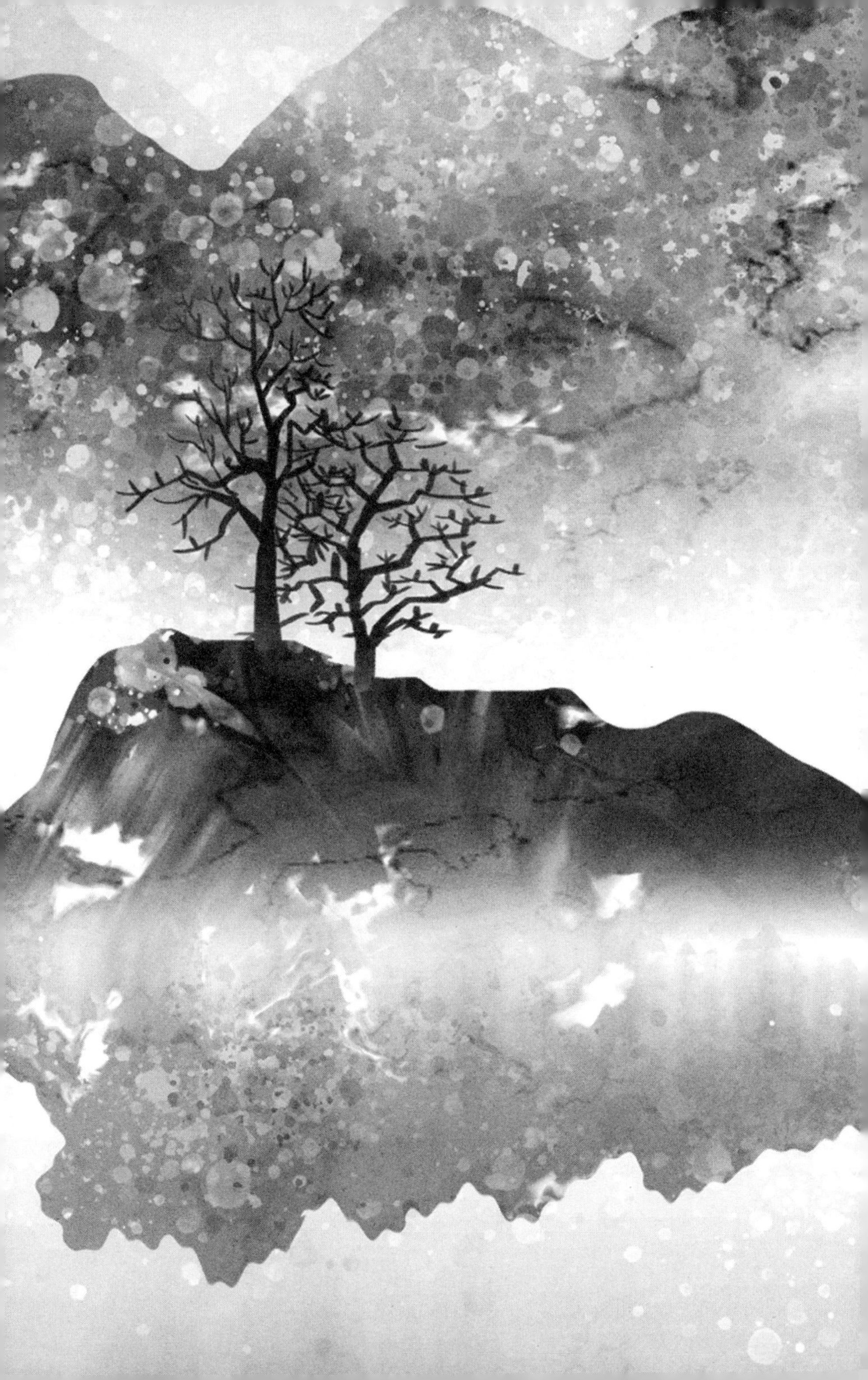

的不知名的小百姓。秦始皇并吞六国，统一车书，曹孟德带八十万人马下江东，舳舻千里，旌旗蔽空，这些惊心动魄的成败对于你有什么意义？对于我有什么意义？但是长城和《短歌行》对于我们还是很亲切的，还可以使我们心领神会这些骸骨不存的精神气魄。这几段墙在，这几句诗在，他们永远对于人是亲切的。由此例推，在几千年或是几万年以后看现在纷纷扰扰的"帝国主义"、"反帝国主义"、"主席"、"代表"、"电影明星"之类对于人有什么意义？我们这个时代是否也有类似长城和《短歌行》的纪念坊留给后人，让他们觉得我们也还是很亲切的么？悠悠的过去只是一片漆黑的天空，我们所以还能认识出来这漆黑的天空者，全赖思想家和艺术家所散布的几点星光。朋友，让我们珍重这几点星光！让我们也努力散布几点星光去照耀那和过去一般漆黑的未来！

美育与人生

（文 / 蔡元培）

人的一生，不外乎意志的活动，而意志是盲目的，其所恃以为较近之观照者，是知识；所以供远照、旁照之用者，是感情。

意志之表现为行为。行为之中，以一己的卫生而免死、趋利而避害者为最普通；此种行为，仅仅普通的知识，就可以指导了。进一步的，以众人的生及众人的利为目的，而一己的生与利即托于其中。此种行为，一方面由于知识上的计较，知道众人皆死而一己不能独生；众人皆害而一己不能独利。又一方面，则亦受感情的推动，不忍独生以坐视众人的死，不忍专利以坐视众人的害。更进一步，于必要时，愿舍一己的生以救众人的死；愿舍一己的利以去众人的害，把人我的分别，一己生死利害的关系，统统忘掉了。这种伟大而高尚的行为，是完全发动于感情的。

人人都有感情，而并非都有伟大而高尚的行为，这由于感情推动力的薄弱。要转弱而为强，转薄而为厚，有待于陶养。陶养的工具，为美的对象，陶养的作用，叫作美育。

美的对象，何以能陶养感情？因为它有两种特性：一是普遍；二是超脱。

一瓢之水，一人饮了，他人就没得分润；容足之地，一人占了，他人就没得并立；这种物质上不相入的成例，是助长人我的区别、自私自利的计较的。转而观美的对象，就大不相同。凡味觉、嗅觉、肤觉之含有质的关系者，均不以美论；而美感的发动，乃以摄影及音波辗转传达之视觉与听觉为限，所以纯然有"天下为公"之慨；名山大川，人人得而游览；夕阳明月，人人得而赏玩；公园的造像，美术馆的图画，人人得而畅观。齐宣王称"独乐乐不若与众乐乐"；陶渊明称"奇文共欣赏"；这都是美的普遍性的证明。

植物的花，不过为果实的准备；而梅、杏、桃、李之属，诗人所咏叹的，以花为多。专供赏玩之花，且有因人择的作用，而不能结果的。动物的毛羽，所以御寒，人固有制裘、织呢的习惯，然白鹭之羽，孔雀之尾，乃专以供装饰。宫室可以避风雨就好了，何以要雕刻与彩画？器具可以应用就好了，何以要图案？语言，可以达意就好了，何以要特别音调的诗歌？可以证明美的作用，是超越乎利用的范围的。

既有普遍性以打破人我的成见,又有超脱性以透出利害的关系;所以当着重要关头,有"富贵不能淫,贫贱不能移,威武不能屈"的气概;甚且有"杀身以成仁"而不"求生以害仁"的勇敢;这是完全不由于知识的计较,而由于感情的陶养,就是不源于智育,而源于美育。

　　所以吾人固不可不有一种普通职业,以应利用厚生的需要,而于工作的余暇,又不可不读文学,听音乐,参观美术馆,以谋知识与感情的调和。这样,才算是认识人生的价值了。

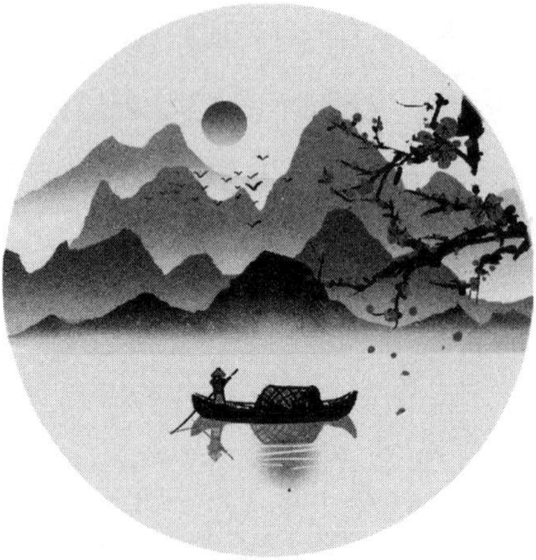

山水间的生活

（文 / 丰子恺）

我家迁住白马湖上后三天，我在火车中遇见一个朋友，对我这样说："山水间虽然清静，但物质的需要不便之外，住家不免寂寞，办学校不免闭门造车，有利亦有弊。"我当时对于这话就起一种感想，后来忙中就忘却了。

现在春晖在山水间已生活了近一年了，我的家庭在山水间已生活了一月多了。我对于山水间的生活，觉得有意义，又想起了火车中的友人的话。写出我的几种感想在下面。

我曾经住过上海，觉得上海住家，邻人都是不相往来，而且敌视的。我也曾做过上海的学校教师，觉得上海的繁华和文明，能使聪明的明白人得到暗示和觉悟，而使悟力薄弱的人收到很恶的影响。我觉得上海虽热闹，实在寂寞，山中虽冷静，实在热闹，不觉得寂寞。就是上海是骚扰的寂寞，山中是清静的热闹。

在火车里的几小时，是在这社会里四五十年的人生的缩图。座位被占，提包被偷等恐慌，就是生活恐慌的缩形。倘嫌山水间的生活的寂寞，而慕都会的热闹，犹之在只乘四五个相熟的人的火车里嫌寂寞，要望别的拥挤着的车子里去。如果有这样的人，他定是要描写拥挤的车子而去观察的小说家，否则是想图利去的pickpocket（扒手）。

我在教授图画唱歌的时候，觉得以前曾在别处学过图画唱歌的人最难教授，全然没有学过的人容易指导。同样，我觉得在社会里最感到困难的是"因袭的打破难"。许多学校风潮，许多家庭悲剧，许多恶劣的人类分子，都是"因袭的罪恶"，何尝是人间本身的不良。因袭好比遗传，永不断绝。新文化一次输入因袭旧恶的社会里，仿佛注些花露水在粪里，气味更难当。再输入一次，仿佛在这花露水和粪里再注入些香油，又变一种臭气。我觉得无论什么改造，非先除去因袭的恶弊终归越弄越坏。在山水间的学校和家庭，不拘何等孤僻，何等少见闻，何等寂寥，"因袭的传染的隔远"和"改造的容易入手"是实实在在的事实。

我从前往往听见人讲到子弟求学或职业等问题，都说："总要出上海出上海，指到上海去！"听者带着一种对于将来生活的恐慌的自警的态度默应着。把这等话的心理解剖起来，里面含着这样的几个要素：（一）上海确是文明地，冠盖之区，要路津。（二）少年应当策高足，先据这要路津。（三）这就是吾人应走的前途。所谓闭门造车，也是具有这样的内容的话。怀着这样的思想的人，是因袭的奴隶，是因袭的维持者。

闭门造车，是指说不符合门外的轨道的大小，造了不能在门外的轨道上运行的车。行车一定要在已成的轨道上吗？这已成的轨道确是引导我们走正路的吗？有了车不能造轨道的吗？在这"闭门造车"一句话里，分明表示着人们的依赖、因袭，和创造力多么薄弱。

不造则已，如果要造车，一定非闭门造不可。如果依照已成的轨道而造，所造出的车子和以前已有的车子一样，就在已成的轨道上随波逐流地去了。即使已有的车子是好的，已成的轨道是正的，造车的效力也不过加多了车，不是造车的进步。何况已有的车子或者不好，已成的轨道或者不正呢。

"好久不到都会了，好久不看报了，退步了。"这样说的人也有。实在，进步是前进的意思，进步越快，离社会越远，离社会越远，进步越深（这是厨川白村说的）。子路说道："吾过矣，吾离群而索居，亦已久矣。"这便是子路所以为子路。

"山水间生活，有利亦有弊"，这大概是指清静、空气新鲜、生活程度低……是利。需要不便、寂寞、闭门造车……是弊。这是要计较两方的利弊长短而取舍的意思。这话的内容和"新思想并不恶、时势变更了不得已而然的。但从前的习惯一概不好，也不能说"的话同是乡愿的话。

这话的变形，就是"凡物都有明暗两方面的"。这话固然不错。但我觉得明暗是一体的。非但如此，明是因为有暗而益明的。仿佛绘画，明调子因暗调子而益美，暗调子因明调子而也美了。断不是明面好，暗面不好。如果取明而弃暗。就是Ruskin〔罗斯金〕所谓："自然像日光和阴影相交一般混合着优劣两种要素，使双方相互地供给效用和势力的。所以除去阴影的画家，定要在他自己造出来的无荫的沙漠里烧死！"

爱一物，是兼爱它的阴暗两方面。否，没有暗的明是不明的，是不可爱的。我往往觉得山水间的生活，因为需要不便而菜根更香，豆腐更肥。因为寂寥而邻人更亲。

且勿论都会的生活与山水间的生活孰优孰劣，孰利孰弊。人生随处皆不满，欲图解脱，唯于艺术中求之。

一九二三，五，一四，在小杨柳屋。

"慢慢走,欣赏啊!"——人生的艺术化

(文/朱光潜)

一直到现在,我们都是讨论艺术的创造与欣赏。在这一节中,我提议约略说明艺术和人生的关系。

我在开章明义时就着重美感态度和实用态度的分别,以及艺术和实际人生之间所应有的距离,如果话说到这里为止,你也许误解我把艺术和人生看成漠不相关的两件事。我的意思并不如此。

人生是多方面而却相互和谐的整体,把它分析开来看,我们说某部分是实用的活动,某部分是科学的活动,某部分是美感的活动,为正名析理起见,原应有此分别,但是我们不要忘记,完满的人生见于这三种活动的平均发展,它们虽是可分别的而却不是互相冲突的。"实际人生"比整个人生的意义较为窄狭。一般人的错误在把它们认为相等,以为艺术对于"实际人生"既是隔着一层,它在整个人生中也就没有什么价值。有些人为维护艺术的地位,又想把它硬纳到"实际人生"的小筑围里去。这般人不但是误解艺术,而且

也没有认识人生。我们把实际生活看作整个人生之中的一片段，所以在肯定艺术与实际人生的距离时，并非肯定艺术与整个人生的隔阂。严格的说，离开人生便无所谓艺术，因为艺术是情趣的表现，而情趣的根源就在人生，反之，离开艺术也便无所谓人生，因为凡是创造和欣赏都是艺术的活动，无创造无欣赏的人生是一个自相矛盾的名词。

人生本来就是一种较广义的艺术。每个人的生命史就是他自己的作品。这种作品可以是艺术的，也可以不是艺术的，正犹如同是一种顽石，这个人能把它雕成一座伟大的雕像而另一个人却不能使它"成器"，分别全在性分与修养。知道生活的人就是艺术家，他的生活就是艺术作品。

过一世生活好比做一篇文章。完美的生活都有上品文章所应有的美点。

第一，一篇好文章一定是一个完整的有机体，其中全体与部分都息息相关，不能稍有移动或增减。一字一句之中都可以见出全篇精神的贯注。比如陶渊明的《饮酒》诗本来是"采菊东篱下，悠然见南山"，后人把"见"字误印为"望"字，原文的自然与物相遇相得的神情便完全丧失。这种艺术的完整性在生活中叫做"人格"。凡最完美的生活都是人格的表现。大而进退取与，小而声音笑貌，都没有一件和全人格相冲突。不肯为五斗米折腰向乡里小儿，是陶渊明的生命史中所应有的一段文章，如果他错过这一个小节，便失其为陶渊明。下狱不肯脱逃，临刑时还丁叮咛咐还邻人一只鸡的债，是苏格拉底的生命史中所应有的一段文章，否则他便失其为苏格拉底。这种生命史才可以使人把它当作一幅图画去惊赞，它就是一种艺术的杰作。

其次，"修辞立其诚"是文章的要诀，一首诗或是一篇美文，一定是至性深情的流露，存于中然后形于外，不容有丝毫假借。情趣本来是物我交感共鸣的结果。景物变动不居，情趣亦自生生不息。我有我的个性，物也有物的个性，这种个性又随时地变迁而生长发展。每人在某一时会所见到的景物，和每种景物在某一时会所引起的情趣，都有它的特殊性，断不容与另一人在另一时会所见到的景物，和另一景物在另一时会所引起的情趣完全相同的。毫厘之差，微妙所在。在这种生生不息的情趣中，我们可以见出生命的创化，把这种生命流露于语言文字就是好文章，把它流露于言行风采，就是美满的生命史。

文章忌俗滥，生活也忌俗滥。俗滥就是自己没有本色而蹈袭别人的成规旧矩。西施患心病，常捧心颦眉，这是自然的流露，所以愈增其美。东施没有心病，强学捧心颦眉的姿态，只能引人嫌恶。在西施是创作，在东施便是滥调。滥调起于生命的枯竭，也就是虚伪的表现。"虚伪的表现"就是"丑"，克罗齐已经说过。"风行水上，自然成纹"，文章的妙处如此，生活的妙处也是如此。在什么地位，是怎样的人，感到怎样情趣便现出怎样言行风采，叫人一见就觉其谐和完整，这才是艺术的生活。

俗语说的好，"惟大英雄能本色"。所谓艺术的生活就是本色的生活。世间有两种人的生活最不艺术，一种是俗人，一种是伪君子。"俗人"根本就缺乏本色，"伪君子"则竭力遮盖本色。朱晦庵有一首诗说：

半亩方塘一鉴开，天光云影共徘徊。问渠那得清如许？为有源头活水来。

艺术的生活就是有"源头活水"的生活。俗人迷于名利，与世浮沉，心里没有"天光云影"，就因为没有源头活水。他们的大病是生命的枯竭。"伪君子"则于这种"俗人"的资格之上，又加上"沐猴而冠"的伎俩。他们的特点不仅见于道德上的虚伪，一言一笑，一举一动，都叫人起不美之感。谁知道风流名士的架子之中，掩藏了几多行尸走肉？无论是"俗人"或是"伪君子"，他们都是生命上的"苟且者"，都缺乏艺术家在创造时所应有的良心。象柏格荪所说的他们都是"生命的机械化"，只能作喜剧中的角色，生活落到喜剧里去的人大半都是不艺术的。

　　艺术的创造之中都必寓有欣赏，生活也是如此。一般人对于一种言行常欢喜说它"好看""不好看"，这已有几分是拿艺术欣赏的标准去估量它。但是一般人大半不能彻底，不能拿一言一笑一举一动纳在全部生命史里去看，他们的"人格"观念太淡薄，所谓"好看""不好看"往往只是"敷衍面子"。善于生活者则彻底认真，不让一尘一芥妨碍整个生命的和谐。一般人常以为艺术家是一班最随便的人，其实在艺术范围之内，艺术家是最严肃不过的。在锻炼作品时常呕心呕肝，一笔一划也不肯苟且。王荆公作"春风又绿江南岸"一句诗时，原来"绿"字是"到"字，后来由"到"字改为"过"字，由"过"字改为"入"字，由"入"字改为"满"字，改了十几次之后才定为"绿"字。即此一端可以想见艺术家的严肃了。善于生活者对于生活也是这样认真。曾子临死时记得床上的席子是季路的，一定叫

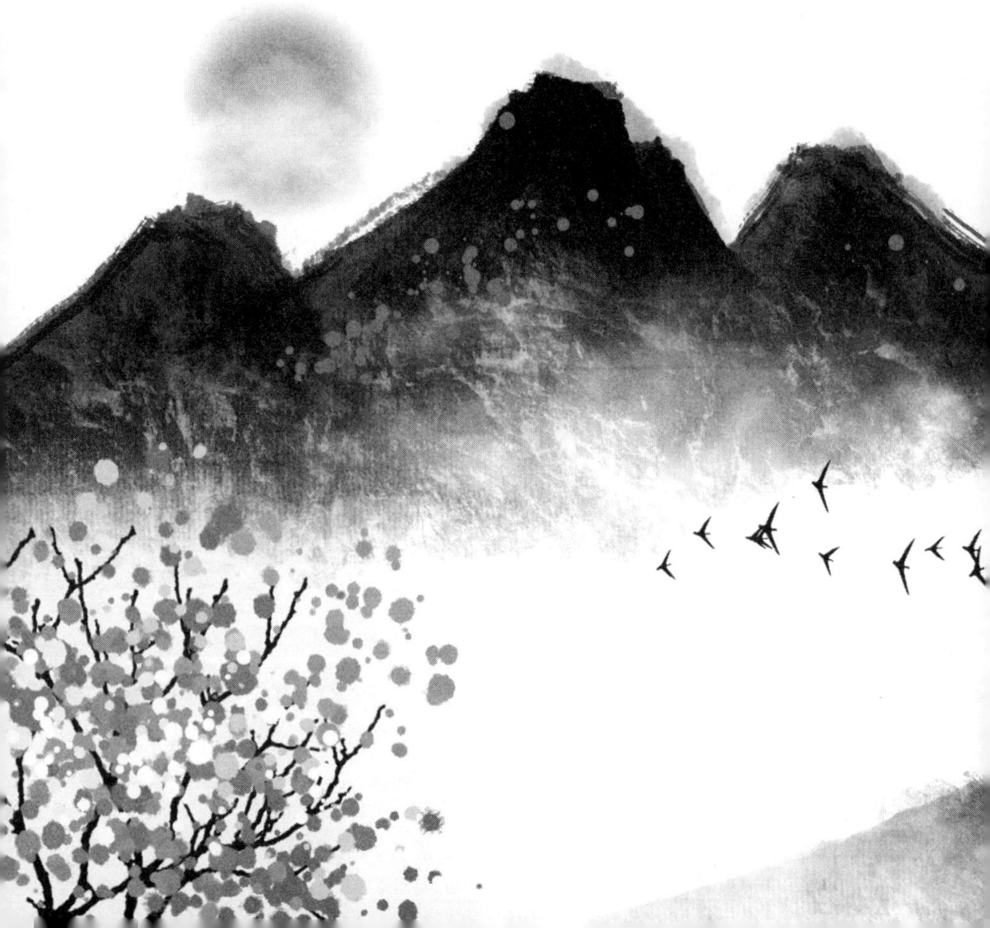

门人把它换过才瞑目。吴季札心里已经暗许赠剑给徐君，没有实行徐君就已死去，他很郑重的把剑挂在徐君墓旁树上，以见"中心契合死生不渝"的风谊。象这一类的言行看来虽似小节，而善于生活者却不肯轻易放过，正犹如诗人不肯轻易放过一字一句一样。小节如此，大节更不消说。董狐宁愿断头不肯掩盖史实，夷齐饿死不愿降周，这种风度是道德的也是艺术的。我们主张人生的艺术化，就是主张对于人生的严肃主义。

艺术家估定事物的价值，全以它能否纳入和谐的整体为标准，往往出于一般人意料之外。他能看重一般人所看轻的，也能看轻一般人所看重的。在看重一件事物时，他知道执着，在看轻一件事物时，他也知道摆脱。艺术的能事不仅见于知所取，尤其见于知所舍。苏东坡论文，谓如水行山谷中，行于其所不得不行，止于其所不得不止。这就是取舍恰到好处，艺术化的人生也是如此。善于生活者对于世间一切，也拿艺术的口胃去评判它，合于艺术口胃者毫毛可以变成泰山，不合于艺术口胃者泰山也可以变成毫毛。他不但能认真，而且能摆脱。在认真时见出他的严肃，在摆脱时见出他的豁达。孟敏堕甑，不顾而去，郭林宗见到以为奇怪。他说，"既已碎，顾之何益？"哲学家斯宾洛莎宁愿靠磨镜过活，不愿当大学教授，怕妨碍他的自由。王徽之居山阴，有一天夜雪初霁，月色清朗，忽然想起他的朋友戴逵，便乘小舟到剡溪去访他，刚到门口便把船划回去。他说，"乘兴而来，兴尽而返"。这几件事彼此相差很远，却都可以见出艺术家的豁达。

伟大的人生和伟大的艺术都要同时并有严肃与豁达之胜。晋代清流大半只知道豁达而不知道严肃，宋朝理学又大半只知道严肃而不知道豁达。陶渊明和杜子美庶几算得恰到好处。

一篇生命史就是一种作品。从伦理的观点看，它有善恶的分别，从艺术的观点看，它有美丑的分别。善恶与美丑的关系究竟如何呢？

就狭义说，伦理的价值是实用的，美感的价值是超实用的，伦理的活动都是有所为而为，美感的活动则是无所为而为。比如仁义忠信等等都是善，问它们何以为善，我们不能不着眼到人群的幸福。美之所以为美，则全在美的形相本身，不在它对于人群的效用（这并不是说它对于人群没有效用）。假如世界上只有一个人，他就不能有道德的活动，因为有父子才有慈孝可言，有朋友才有信义可言。但是这个想象的孤零零的人，还可以有艺术的活动，还可以欣赏他所居的世界，还可以创造作品。善有所赖而美无所赖，善的价值是"外在的"，美的价值是"内在的"。

不过这种分别究竟是狭义的。就广义说，善就是一种美，恶就是一种丑。因为伦理的活动也可以引起美感上的欣赏与嫌恶。希腊大哲学家柏拉图和亚里士多德讨论伦理问题时，都以为善有等级，一般的善虽只有外在的价值，而"至高的善"则有内在的价值。这所谓"至高的善"究竟是什么呢？柏拉图和亚里士多德本来是一走理想主义的极端，一走经验主义的极端，但是对于这个问题，意见却一致，他们都以为"至高的善"在"无所为而为的玩索"（Disinterested Contemplation）。这种见解在西方哲学思潮上影响极大，斯宾洛莎、黑格尔，叔本华的学说都可以参证。从此可知西方哲人心目中的"至高的善"还是一种美，最高的伦理的活动还是一种艺术的活动了。

"无所为而为的玩索"可以看成"至高的善"吗？这个问题涉及到西方哲人对于神的观念。从耶稣教盛行之后，神才是一个大慈大悲的道德家。在希腊哲人以及近代来布尼兹，尼采，叔本华诸人的心目中，神却是一个大艺术家。他创造这个宇宙出来，全是为着自己要创造，要欣赏。其实这种见解也并不减低神的身分。耶稣教的神只是一班穷叫化子中的一个肯施舍的财主佬，而一般哲人心中的神，则是以宇宙为乐曲而要在这种乐曲之中见出和谐的音乐家。这两种观念究竟是哪一个伟大呢？在西方哲人想，神只是一片精灵，他的活动绝对自由而不受限制，至于人则为肉体的需要所限制而不能绝对自由。人愈能脱肉体需求的限制而作自由活动，则离神亦愈近。"无所为而为的玩索"是唯一的自由活动，所以成为最上的理想。

这番话似乎有些玄渺，在这里本来不应说及。不过无论你相信不相信，有许多思想却值得当作一个意象悬在心眼前来玩味玩味。我自己在闲暇时也欢喜看看哲学书籍。老实说，我对于许多哲学家的话都很怀疑，但是我觉得他们有趣。我以为穷到究竟，一切哲学系统也都只能当作艺术作品去看。哲学和科学穷到极境，都是要满足求知的欲望。每个哲学家和科学家对于他自己所见到的一点真理（无论它究竟是不是真理）都觉得有趣味，都用一股热忱去欣赏它。真理在离开实用而成为情趣中心时就已经是美感的对象了。"地球绕日运行","勾方加股方等于弦方"一类的科学事实，和米罗爱神或第九交响曲一样可以摄魂震魄。科学家去寻求这一类的事实，穷到究竟，也正因为它们可以摄魂震魄。所以科学的活动也还是一种艺术的活动，不但善与美是一体，真与美也并没有隔阂。

艺术是情趣的活动，艺术的生活也就是情趣丰富的生活。人可以分为两种，一种是情趣丰富的，对于许多事物都觉得有趣味，而且到处寻求享受这种趣味。一种是情趣枯竭的，对于许多事物都觉得没有趣味，也不去寻求趣味，只终日拼命和蝇蛆在一块争温饱。后者是俗人，前者就是艺术家。情趣愈丰富，生活也愈美满，所谓人生的艺术化就是人生的情趣化。

"学得有趣味"就是欣赏。你是否知道生活，就看你对于许多事物能否欣赏。欣赏也就是"无所为而为的玩索"，在欣赏时，人和神仙一样自由，一样有福。

阿尔卑斯山谷中有一条大汽车路，两旁景物极美，路上插着一个标语劝告游人说："慢慢走，欣赏啊！"许多人在这车如流水马如龙的世界过活，恰如在阿尔卑斯山谷中乘汽车兜风，匆匆忙忙的急驰而过，无暇一回首流连风景，于是这丰富华丽的世界便成为一个了无生趣的囚牢。这是一件多么可惋惜的事啊！

朋友，在告别之前，我采用阿尔卑斯山路上的标语，在中国人告别习用语之下加上三个字奉赠："慢慢走，欣赏啊！"

一九三二年夏莱茵河畔

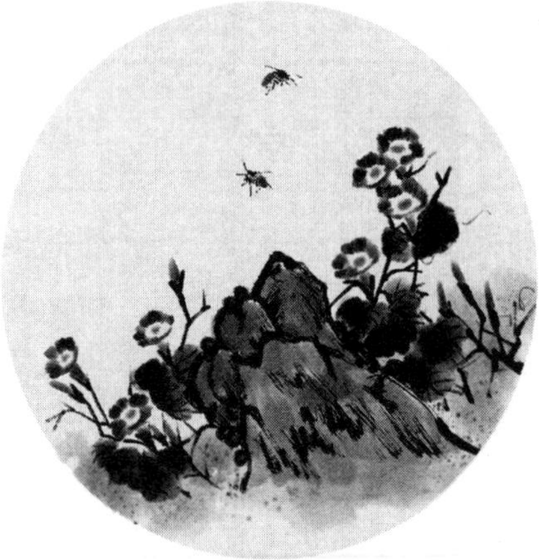

艺术对于人生的真谛[1]

（文／陈之佛）

艺术究竟有什么用处？讲到用处，恐怕艺术是最没有用的东西了。譬如图画吧，一树花、一只鸟、一座山、一片云画了出来，它不能止饥止渴，也不能教忠教孝，的确对于我们的实际生活丝毫没有关系。这样不切于实用的东西，难怪人们都忽视艺术了。

有人说，艺术是有闲阶级的消闲物，它是一种大奢侈，是一种多余，对于一般人有什么相关？假如这话是真的，那末，古今中外许多大艺术家都是赘疣了。而许多大哲学家煞费苦心地研究美学艺术学也是徒然多事了。何以顾恺之、吴道子、文西、米克朗基罗、贝多芬、莎士比亚、托尔斯泰、康德还永远受人尊敬呢？

想来其中必定还有若干道理。

这里我先要问你：你爱看美的图画吗？你也爱听美的乐

---

[1] 1940年代原刊《新中国月报》第一卷第二期。

曲吗？如果你是爱的，则"爱"便是用处，也可以说艺术对于你已发生密切的关系了；如果你是不爱，则你的精神一定失了常态，美是你所爱的，精神患了病，便不爱美；这犹之饮食本来是你所爱的，身体患了病，便不思饮食一样。

人性的需求本是多方面的，人性中饮食的要求，饥而无食，渴而无饮，是人生的一种缺乏；人情中也有美的要求，爱美而不得艺术，也同样是人生的一种缺乏。只看原始时代的人类，穴居野处，与猛兽争存，风雨为敌的时候，尚且要在洞壁上作画，器具上施雕绘，以求满足他们爱美的天性，直到现在，凡是人类决没有嫌美而喜丑的。这就因为嗜美是一种精神上的饥渴，不能满足饮食的要求和不能满足美的要求，一样是沮丧天性。饮食的缺乏，固然可立见其形骸的枯萎，而美的缺乏，亦必发生其精神上的病态。世间一切恶人恶事俗人俗事，以及人类种种精神上的不正常，都是病态所由生。

人类生活终不外乎物质与精神两方面，两者缺一固然是生活的不正常，两者不能调剂也就使我们的生活发生烦闷苦痛。这是我们平时所经验到的。讲到艺术的用处，现在也颇有人想把它硬拉到实用的功利主义里面去，于是艺术仿佛只有被利用而没有其他的意义了。虽然自古以来，政治上，宗教上，道德上，也往往利用艺术以作宣传的工具。这是艺术的另一目的。如果艺术的被利用就认为艺术的唯一目的。换言之，艺术只配作利用的工具，那便错了。

艺术的活动是情感，情感的势力往往比理智还强大，所以利用他作为一种工具，以求达成利用的目的，原是可以相当收效的，但就因为艺术是情感的表现，与生活经验息息相关的，它于个人于社会当必有更深更广的意义。

人是情感的动物，这情感，必须要艺术来培养，使它成为美的情感。什么叫做美的情感？不妨举几个浅近的例子：在风和日暖的春天，眼前尽是一些娇红嫩绿，你对着这灿烂浓郁的世界，心旷神怡，忘怀一切。这就是美的情感。你在黄昏的时候，躺在海边的崖石上，看金色的落晖，看微波的荡漾，领略晚兴，清心悦目。这就是美的感情。你只要有闲工夫，松涛、竹韵、虫声、鸟语、一切的自然变化，都会变成赏心悦目的对象。这就是美的情感。我们当愁苦无聊时，唱几曲歌，吟一首诗，满腹牢骚，就会烟消云散。这是美感的作用，我们整日为俗事烦苦，偶然偷闲在欣赏艺术的作品，就觉格外愉快。这是美感的作用。我们看过一回戏，或是读过一部小说以后，就觉得曾经紧张一阵是一件快事。这是美感的作用，诸如此类的例证，不胜枚举。总之这都因自然美与艺术美的陶冶而使人的情感变成美的情感的。

假如再具体点说，近代心理学者说："情感抑郁在心里不得发泄最易酿成性格的怪僻和精神的失常，艺术是维持心理健康的一种良剂。"这就是说人的情感需要解放，艺术美就能解放情感。人生来就有一种生存欲，占有欲，性欲，以及爱、恶、怜、惧等情感，本着自然倾向，它们都需要活动，需要发泄，但在实际生活中，它们不但彼此互相冲突，且受道德、宗教、法律、习俗等的约束。最显著的如情欲，本来是人的本能冲动，但向来是被认为卑劣的，不道德的勾当，硬要使它压抑下去，成为精神上的病态。有时因恋爱失败，受了极度的刺激，因为情感无法发泄就忧郁起来，甚至变成疯狂，此种情形，都可藉文学艺术等的美感作用而发泄。所以说艺术有解放情感的功用，而解放情感就是维持心理健康的良剂，我们平常说"精神要有所寄托"，艺术便是寄托精神最好的处所。

其次我们要说的通常一个人往往被现实世界所围住，就是一个人往往在狭窄的现实世界的圈套里面，而没有勇气跳出去看看美丽的另一世界，于是除了饮食、男女、奔走、钻营、欺诈、争夺等等之外，便别无所见，所以人生只有悲苦烦恼，人生也便没有什么意义了。现在有许多人总嫌生活枯燥烦闷无聊，其大原因就在被围在现实世界而不到想象的世界里去观赏观赏。这所谓想象的世界非他，即是艺术的世界，故无论何人，要充实他的人生，应该有艺术的修养，使解放他的眼界。苏东坡说人之忧乐在乎游于物之内，或游于物之外，所谓游于物之外，就是能离开现实世界而暂进入于想象世界，眼界解放，人便觉乐。我们称赞诗人有所谓"超然物表"之语，这就是因为诗人有艺术的修养，故能"游于物之外"。

还有一点，我们再来应用苏东坡的两句话："人之所欲无穷，而物之可以足吾欲者有尽。"这就是说自然界中的物质，是有限的，而人之欲望无餍，所以总觉不满足，不自由，不如意。因为在自然圈套中求征服自然，终自困难；但是精神方面，人可以征服自然，他可在世界之外，另在想象中造出合理慰情的世界，这就是艺术的创造。人在自然世界是自然的奴隶，在创造艺术，欣赏艺术时，人是自然的主宰。多受些艺术的修养，在想象的世界里，人可以解除物质限制的苦痛，人由奴隶而变为主宰，人才感觉他自己的尊严。

许多人以为艺术是艺术家所专有的。与一般人没有什么关系，这是没有了解艺术。现代人实在太热衷于物质而忽略心灵的修养，在教育方面也不曾深切注意到这样的教育，美感教育。长此以往，人类将沉湎于罪恶的世界中而不能自拔，这是多么可悲的事情。我们觉得人自己尊称为"万物之灵"。应该和禽兽有些分别，应该注意一点心灵上的修养。"人之异于禽兽者几希。"一不小心，就会和禽兽同化的。讲到心灵的修养，固然是多方面的，而以艺术的功效为尤大。因为艺术，它可以安慰我们的情感，它可以启发我们的牺牲，它可以洗涤我们的胸襟；艺术它可以伸展同情，扩充想象，增加对于人情物理的深广正确的认识，所以真正有艺术修养的人，他的感情一定比较真挚，他的感觉一定比较锐敏，他的观察一定比较深刻，他的想象一定比较丰富；他能见到广大的世界，而引人也进入这世界里来观赏一切。假如人们多少能加以这艺术美的浸润，至少可以改正些醉生梦死的生活，革除些苟且敷衍的习性，打破些自私自利的企图，纠正些纷歧错离的思想。

我们看看这个世界，看看这个社会，看看这人类，何等忧愁，何等惨苦，今后我们应该用宗教徒的精神，大家来宣扬这点意义，普渡人类到想象的世界，来拯救人生！